CB136128

IMAGENS ***do*** **JEQUITINHONHA:**
caleidoscópio mágico em prosa e verso

IMAGENS *do* JEQUITINHONHA:
caleidoscópio mágico em prosa e verso

Carolina Antunes e Nazaré Serra
(Organizadoras)

MAZZA
edições

SUMÁRIO

PRÓLOGO

Solange Campos

Os casarões coloniais, os becos, as ruas e as igrejas, as "montanhas caprichadas de azulezas", os rios... É nos cenários "dessas minas que são muitas e se esparramam nas gerais" que os leitores (re)visitam o Vale do Jequitinhonha, suas cidades e lugarejos de relatos e histórias peculiares, alinhavadas nos contos e nos "causos" de *Imagens do Jequitinhonha: caleidoscópio mágico em prosa e verso*.

O fogão a lenha, "o café, a cachaça e o de comer", as modas de viola, as cantigas de roda, as danças, a cultura popular surgem emolduradas na vida, nas figuras reais, lendárias ou enigmáticas dos habitantes de Diamantina, Itamarandiba, Francisco Badaró, Salinas, Turmalina (Alegria), Pedra Azul, Coluna, Presidente Juscelino e outras cidades que povoam o imaginário mineiro, espelho encantado e mágico das Minas Gerais.

Começar a ler as narrativas, a prosa poética, os poemas narrativos torna-se uma verdadeira aventura, não se sabendo nunca onde se vai parar. Abarcam grande heterogeneidade temática e, ao mesmo tempo, se relacionam entre si de maneiras as mais variadas e inesperadas. Há aqueles de enredo familiar, com personagens e peripécias similares às do nosso cotidiano. Às vezes, os relatos aparecem fantasmagóricos, em que o sobrenatural e o dramático sobressaem em meio a histórias ora tristes, ora bem-humoradas.

Uma a uma as narrativas surgem das (re)lembranças e das experiências de vida dos autores, ou de dentro daqueles habitantes ou, ainda, de dentro de nós, leitores/espectadores. Seguem entrecortadas por relatos de violação, almas de outro mundo, medo, abandono e violência, sonhos (des)feitos, ideologias ou ainda pelo desejo de se conseguir um tiquinho de felicidade assim.

Os autores são viandantes e viajantes tentando mapear as entranhas de Minas, de antigamente e dos dias de hoje. As imagens que surgem têm um sentido, estão sobrepostas, deslizam caleidoscópicas e circulares. As cenas refletem quadros multifacetados, nos quais os episódios aparecem sucessiva e simultaneamente, sem a noção de início e fim. Nas entrelinhas, desfilam coronéis, benzedeiras, prefeitos, políticos, delegados, gente de bem e de mal, com suas nuanças e particularidades.

A linguagem, espaço em que se inventam palavras e histórias, vai compondo o texto/corpo das narrativas, num processo de construção/desconstrução que pressupõe uma cumplicidade que a ficção requer: o leitor é sempre instigado a participar. Na confluência entre o imaginário e o real, coabitam nos vários discursos – o histórico, o depoimento, a memória, a autobiografia – inúmeras possibilidades de significação e de elaboração de significantes.

A cartografia do Jequitinhonha corporifica sua linhagem e ainda seus dizeres e saberes, sua cartilha e suas rezas. As narrativas evocam também as nossas imagens (in) conscientes, por expressarem a identidade mineira em potencial, visceralmente ligada à dinâmica do interior.

Fica, portanto, o convite ao leitor: saborear os seus sentidos plurais, por meio da (re)visita e das emoções, e, quem sabe, reconstruir o mapa de suas e daquelas acontecências.

AS PRINCESAS E OS PRÍNCIPES DOS CONTOS DE ENCANTO

Ana Elisa Ribeiro

Passei anos trabalhando com aquelas histórias. Eram centenas de contos e "causos" gravados em fitas cassete e eu passava horas do meu dia com fones de ouvido, conhecendo cada sílaba daqueles relatos curiosos. À medida que ouvia, aprendia novas expressões e me encantava com a poesia despretensiosa e espontânea de frases saídas das bocas de pessoas simples, que conheciam a fundo as histórias contadas em rodas de fogueira.

Parte daqueles contos era formada por histórias de reinos distantes, que estavam sempre muito próximos de qualquer cidade do interior do Brasil. Os animais falavam, os homens eram maus, as bruxas andavam soltas. Alguns aspectos, porém, me deixavam impressionada: nas histórias orais, os borralheiros de pestanas sujas de cinza eram os homens, e as princesas eram sempre problemáticas.

Em todas as histórias de encanto e magia que conheci, sempre havia um rapaz sujo e mal nutrido que ganhava forças e beleza com num passe de mágica e conquistava um reino de ouro e pedras preciosas. Para isso, esse borralheiro sem vaidades precisava conquistar o amor de uma princesa cheia de chiliques, problemática e ensandecida, ou pelo menos conquistar-lhe o pai, rei severo de reinos gloriosos. Os borralheiros não eram exatamente belos e nem sequer estavam preocupados em ser galantes. Contavam com a ajuda de magos, inteligências externas, precisavam ajudar os pais pobres, o grupo de bons amigos ou queriam apenas demonstrar seus dotes físicos. Esses homens rotos venciam reis e princesas pela inteligência, porque decifravam enigmas e topavam ser esposos de feras travestidas de belas. As princesas das histórias nunca eram muito casadoiras. E assim que completavam 18 anos, consideradas solteironas naqueles reinos tão reprodutivos, tinham de expor um problema que fosse resolvido por algum rapaz inteligente e disposto.

Tais contos me pareciam invertidos, mas me agradava a ideia de o príncipe não existir e de a princesa ser enigmática, embora me incomodasse a ideia do problema associado a toda mulher. O mal-ajambrado rapaz que conquistava o reino soava um sapo com cérebro que merecia uma esposa perversa. Até que deparei, um dia, com uma história diferente. De imediato, resolvi lê-la mais algumas vezes para ter certeza de que algo nela se diferenciava das demais. Nesse caso, a existência repetitiva do príncipe escondido sob as vestes dum mendigo era ofuscada pela presença duma princesa sem problemas. E adivinhe qual era, então, a implicância do rei? É um problema enorme haver uma mulher que não tenha problemas e não ofereça enigmas.

A essa princesa simples e descomplicada foi dada a tarefa de inventar um problema ou enigma que servisse para selecionar o rapaz que seria seu marido. Quase envergonhado, o rei se perguntava o que fizera para merecer uma filha resolvida. E a moça, encostada contra a parede, franzia a testa e pensava num enigma que servisse para matar alguns moços, valorizando-a, e casar-se com um deles.

Eis que a menina, enquanto catava piolhos na rainha, arranca-lhe um da cabeça e faz dele um bicho de estimação; dá a ele alimento para que cresça forte e torna-o um piolho hipertrofiado, exageradamente grande. Quando o tem do tamanho de um coelho, mata o animal, faz de seu couro um travesseiro e propõe: quem descobrisse de que couro era feito aquele travesseiro, teria a princesa e o reino.

Daí em diante, a história se repete: um roto rapaz descobre o segredo por meio de um mago menino e conquista o reino. O rei, no entanto, ciumento de sua menina virgem, questiona sobre a descoberta da origem do couro. O rapaz, desprendido da moça e preocupado em ajudar os pais, entrega a autoria da resposta e dá ao mago guri a chance de ter um reino e uma esposa. O primeiro pseudopríncipe, então, ganha um dinheiro como prêmio por sua honestidade e o mago mirim, ao tomar banho, torna-se o inesperado príncipe, apaixonado, instantaneamente, pela princesa descolada.

Aliviada, ameacei certo encantamento pelo príncipe menino, que tinha coragem de se casar com uma mulher sem problemas, à qual não teria que oferecer seus préstimos de macho versátil, solucionador de enigmas que variam com a lua.

Casada e feliz (?), a princesa não disse ao narrador o que fez, desde o casório, com o travesseiro de couro de piolho, seu único problema, responsável pelas bodas com um príncipe oculto. Arrisco dizer que, talvez, ela tenha, ao casar-se, feito um outro travesseiro, para estacionar também sob a cabeça do marido ou deixar um par de travesseiros idênticos enfeitando a cama durante o dia.

QUANDO CONHECI O CAMARIM DO MEU ATOR FAVORITO

Ana Elisa Ribeiro

Ônibus de viagem da prefeitura. Depois de dez horas de viagem árida e empoeirada, chegamos à cidade. Turmalina surgiu poética, naquela formação tradicional: a escola, a igreja e, o mais importante, as pessoas. As crianças e as mulheres passavam observadoras, indo buscar água no caminhão-pipa. Olhavam com felicidades recentes nos olhos, as crianças colocavam os dedos na boca, as mulheres equilibravam tinas e baldes coloridos na cabeça.

O cheiro de cidade pequena entrava pelas minhas narinas acostumadas à fumaça do centro sentiam o alívio dos quase náufragos. As casas parecidas, enfileiradas, assistiam às pessoas de calças jeans que desciam do ônibus de viagem. Éramos todos professores e vínhamos dar cursos de literatura.

Durante anos eu havia escutado fitas de áudio em que estavam gravadas as histórias orais daquela cidade e de outras. E entre os contadores de casos estava "seu" Joaquim, para mim um mito de voz forte, cuja aparência não deixava de ser a de um príncipe encantador de serpentes. O contador de histórias morava na cidade vizinha, Minas Novas, que só conheceríamos no dia seguinte.

Minha maior ansiedade não era com o início dos cursos e nem conhecer os alunos que teríamos. Como se fosse fã de um astro, queria mesmo era conhecer o "seu" Joaquim e ouvi-lo e vê-lo contando casos ao vivo, com todo o aparato cênico e vocal que ele parecia dar às histórias que difundia para os ouvintes. O encontro fora marcado para a tarde do dia seguinte e, quando chegou a hora, vesti minha roupa de domingo e fui, sorrindo, conhecer Minas Novas e procurar a casa de "seu" Joaquim.

A cidade aparecia amarela de sol e vestia os raios com alegria sertaneja. Descemos a rua enviesada à procura do endereço incerto do contador de histórias das fitas de áudio. Josiley, Sônia e eu batemos palmas diante de uma casa simples e colorida como os varais de cordéis do Nordeste ou os quaradores de roupas das casas de antigamente. Batíamos palmas num misto de campainha e aplauso, até que surgiu um rosto de mulher na parte de cima da porta de madeira. Procurávamos "seu" Joaquim, e aquela era sua esposa, a simpática negra de dentes alvos e sorriso aberto.

"Seu" Joaquim veio lá de dentro, de onde víamos os flocos de algodão da árvore do quintal. O cheiro de terra misturava-se ao cheiro de café. A esposa mostrava a casa e atravessávamos as cortinas de penduricalhos que separavam os cômodos. "Seu" Joaquim veio do quintal, respondendo à solicitação da mulher: "Joaquim! Visita, Joaquim."

Quando ele apareceu, trouxe um ar de cordialidade, olhares vívidos, o corpo musculoso e saudável. O mais emocionante, no entanto, foi ouvir sua voz. A firmeza e certa rouquidão que eu conhecia dos aparelhos de som surgiram próximos, e ele se apresentou com a humildade de um aedo grego.

Aparentava muito menos idade do que tinha; certo vigor de moço esperto, os olhos de sábio. Contou-nos as histórias que conhecíamos, mas a emoção de ouvi-lo de perto, ao pé do fogão a lenha, roubando olhares furtivos à esposa mais jovem, era muito maior do que as alegrias da cidade grande. "Seu" Joaquim dizia expressões simples que traziam uma poesia autêntica e quase incidental à linguagem que dominava. Muito mais poeta do que eu, ele contava casos com o corpo, com os olhos e com a voz, deixando a impressão de que as palavras só serviam para ornamentar.

A certa altura, encantada com a performance dele, apertei sua mão direita e disse: "o senhor é famoso para mim", ao que ele respondeu tímido como um menino: "que é isso, moça? famoso, eu? que nada", mas tinha no jeito um orgulho de moço de novela, a vaidade de um príncipe fabuloso das histórias que ele mesmo contava.

"Seu" Joaquim ficou em minha memória como as histórias dele. E sempre que conto um conto de amor, começo assim: "Era uma vez um príncipe chamado Joaquim..."

PRESTES
C
The cracker is in season.
soothing BROMO-SELTZER!

CORONEL IDALINO ACOBERTOU SUBVERSIVO EM SALINAS

Apolo Lisboa

O Dr. Alencastro Araújo de Carvalho, natural de Ferros, MG, diplomado em odontologia em Juiz de Fora, provavelmente em 1916, ficou acoitado em Salinas por mais de um ano, sob proteção política do famoso Coronel Idalino Ribeiro, dono de muitas terras e de muitos homens. Essa história é confirmada pelos seus filhos, que hoje vivem em Belo Horizonte, onde são profissionais de destaque e têm carinho especial por Salinas. O Alencastro Filho, a Zulma, a Ilka, deram-me as primeiras informações que tornaram possível este relato.

Não pretendo aqui praticar gesto de revisão histórica sobre a posição antropológica, sociológica e política do citado coronel do sertão, que tive a oportunidade de conhecer – em Salinas, na casa grande da Praça Moisés Ladeia e entre cujos descendentes tenho diversos amigos –, mas, sim, relatar fato curioso da história de nossa terra.

Quem foi Alencastro Araújo de Carvalho?

Homem de têmpera de aço e sensibilidade social à flor da pele. Muito preparado, íntegro e inteligente. Em 1930, apoiou a revolução comandada por Minas Gerais, Rio Grande do Sul e Paraíba, que destituiu Washington Luís no final do mandato de presidente do Brasil e conduziu Getúlio Vargas ao governo do país. Sempre se manifestara inconformado com as desigualdades geradas pelo capitalismo e os abusos do coronelismo do interior, típicos da sociedade latifundiária antes da industrialização plena do país. Por isto se posicionara contra a República do Café e tornara-se *prestista*, tendo apoiado as revoltas dos tenentes e, depois, a Revolução de 30. No entanto, decepcionou-se com o governo de Getúlio, segundo uma óptica muito próxima à de Luís Carlos Prestes e do Partido Comunista do Brasil, fundado no Estado do Rio em 1922. Acreditando piamente em revoluções, aderiu ao movimento que se organizava por todo o território brasileiro chamado Aliança Nacional Libertadora – A.N.L. Foi seu presidente em Diamantina. Sua admiração pela figura de Prestes, o Cavaleiro da Esperança, era enorme, e quis o irônico destino que, poucos anos mais tarde, fosse o Dr. Alencastro obrigado a fugir sertão adentro, justamente para buscar asilo em terras de coronel, num município por onde havia singrado, em 1926, a serpeante Coluna Prestes.

Como se sabe a A.N.L. era parte de uma estratégia mundial do Comitê Internacional (Cominter), com sede em Moscou, para potencializar a força dos partidos comunistas em todo o mundo, por meio das frentes populares, o que daria melhores condições para Stalin enfrentar a maré montante do nazifascismo que levantava a cabeça na Itália, com Mussolini, na Espanha, com Franco, na Alemanha, com Hitler, e no Japão, com Hiroíto, e que, evidentemente, poderia chegar às portas de Moscou, para tentar esmagar a cabeça da primeira revolução comunista vitoriosa do mundo moderno.

A A.N.L., após conquistar grande apoio por todo o Brasil, sobretudo entre intelectuais e artistas das cidades e militares, caiu na tentação blanquista do golpe armado, por meio de levantes em quartéis de Natal, do Rio de Janeiro (Praia Vermelha) e outras cidades. Após curta e encarniçada luta, foram derrotados, o que passou à história como a Intentona Comunista de 1935. Luís Carlos Prestes passou à clandestinidade, junto com Olga Benário, sua mulher, do Partido Comunista da Alemanha, sendo presos no decorrer dos acontecimentos, como está relatado no livro *Olga*. Os aliancistas de todo o Brasil foram excomungados, caçados, presos e torturados pelos homens da polícia política de Filinto Müller.

Preso em Diamantina, o Dr. Alencastro Araújo de Carvalho foi transferido para a prisão em Belo Horizonte, onde contou com a simpatia pessoal do Dr. Júlio Soares, médico, ex-diretor da Santa Casa de Misericórdia, casado com Dona Naná e cunhado do futuro presidente Juscelino Kubitschek de Oliveira. Estes eram da área política do governador Benedito Valadares, o interventor de Getúlio Vargas em Minas Gerais. Essas amizades pouparam Dr. Alencastro de graves complicações e encurtaram sua prisão.

Quando foi solto, o instinto e a razão do militante Alencastro sussurraram-lhe ao ouvido que cascasse fora pois sua batata estava assando. Naquele sertão imenso do Jequitinhonha haveria de ter portos seguros para sua ameaçada pessoa esgueirar-se por uns tempos. Zarpou só, deixando a esposa para trás, visitando, cautelosamente, os municípios semeados sertão a fora. Acabou batendo em Salinas e gostando. Lugar distante, estradas péssimas recém-construídas, mundão perdido, com gente falando diferente. Parecia outro país. E melhor ainda: sem dentista diplomado. Teria como trabalhar e mostrar seu valor, conquistando a simpatia do povo. Instalou-se e foi do agrado geral e dele próprio. Fez muita caridade.

O tempo foi passando, aparentemente em brancas nuvens, menos para sua inquieta cabeça que abrigava tempestades e inquietações sobre o que estava para acontecer e lá ninguém sabia. Um feio dia aconteceu o que ele temia. Sua vida seria novamente desarticulada. Chega às mãos do assustado delegado local a ordem de prisão da polícia federal de Filinto Müller mandando catar o tiradentes local e enviá-lo sob escolta até Belo Horizonte. Foi um zum-zum brabo em Salinas, cujo povo é muito dado a zum-zum, ali apelidado de fuxico, que enche o tempo dos desocupados e dá tanto prazer quanto coçar bicho-de-pé e frieira. "O bom dentista, Dr.Alencastro?", "Não é possível... é verdade que é sobra dos revoltosos da Coluna, que é comunista...?" "Bem que eu desconfiava... quando a esmola é muita até o santo desconfia..." Naquele tempo não havia televisão, e as explicações sobre os fatos mundiais eram dadas pelos padres aos crédulos, e a versão mais aceita era de que os comunistas realmente comiam criancinhas. E o boato, segundo Machado de Assis e Rui Barbosa, era de que alguns maus salinenses estavam acostumados somente à prática da antropofagia de adultos. Mas, criancinhas, aí já era demais...

O Dr. Nadir, médico em Salinas e amigo do Dr. Alencastro, soube da ordem de prisão e agiu firme em favor do amigo e colega dentista. Foi direto procurar o Coronel Idalino, seu amigo. O Dr. Nadir havia chegado a Salinas com sua esposa também médica, Dra. Maria Las Casas, indicado ao Coronel Idalino pelo advogado de Belo Horizonte

Dr. Plinio Las Casas, seu cunhado. Mas chegando à casa do Coronel lá já estava o assustadiço delegado pedindo orientação ao chefe Idalino. Este, após ouvir a leitura da ordem de prisão, e diante da mímica triste do médico, socou o ar e pronunciou sua decisão: "Isto é mentira que estão inventando contra o Dr. Alencastro. Não tem cara nem jeito de comunista. Deve ser coisa de meus adversários políticos. Ele não sai daqui não! Vai continuar livre e trabalhando. Pode mandar dizer isso ao governador Dr. Benedito Valadares. Diga que foi o Idalino." E o delegado saiu humildemente para cumprir a ordem, dizendo: "Sim, Senhor."

O Dr. Alencastro acabara de ter mais uma aula de política, dessa vez a seu favor, conhecendo, assim, de experiência própria, o caráter autoritário e paternalista do coronelismo, que sempre combateu.

Osmani Ribeiro, filho do Coronel Idalino Ribeiro e meu amigo, ex-companheiro de boiada e estrada do famoso Manuelzão, do conto de Guimarães Rosa, disse-me que o Dr. Alencastro era pessoa extraordinária, muito seu amigo e do Darcy Freire, mas que era muito bem-comportado, não gostava de farra nem de cachaça ou cigarro, pois, segundo Osmani, ninguém é perfeito!

Estava o Coronel muito satisfeito com o trabalho do dentista Alencastro, que, cuidando da boca do povo, ajudava-o a conservar o poder. Nessa época arrancava-se mais que se obturava, e os protéticos não paravam de fabricar dentaduras com belas gengivas, que iam do amarelo ao vermelho tinto e com dentes pouco diferenciados entre si, qualquer que fosse sua posição na arcada. A dor de dente bota o povo irritado contra tudo e pacificado ficava sem esse incômodo que a arte do Dr. Alencastro operava. E, para o Coronel, isso é que importava no seu território, não as arengas trazidas do "estrangeiro", das capitais.

Animado e confiante com a concessão formal de asilo no território salinense, Alencastro manda buscar sua esposa em Diamantina, com os filhos pequenos. Dona Odila Vale, diamantinense, chega e fica eternamente grata ao solo salinense e decide que o padrinho de batismo de seu filho aí nascido seria o Coronel Idalino Ribeiro.

O esposo Alencastro ficou confuso. Afinal, ter um filho batizado na Igreja Católica, ele de firmes convicções marxistas, ainda passa, pelo amor à esposa e respeito à sua fé. Mas tendo um coronel do latifúndio por padrinho? "Espera um pouco, Odila! Vamos pensar melhor. Eu sei que devemos ser gratos, mas não vamos exagerar. A luta de classes existe, Odila, e eu também tenho minha fé – respeite meus princípios, vá! Aqui no mato tudo bem, mas se isso é divulgado na capital entre meus amigos e camaradas? Além do mais o nome escolhido para o filho é Marx, homenagem ao autor de *O Capital* e fundador do comunismo dito científico, baseado no materialismo histórico e dialético." Não conseguia dormir o atribulado Alencastro, com sua esposa insistindo, como sabem fazê-lo as mulheres quando querem porque querem uma coisa. Afinal – raciocinava Alencastro –, deveria estar grato ao homem que lhe concedeu asilo; pois, se se mostrasse intransigente nos princípios até mesmo diante da esposa, confirmaria o preconceito de que os comunistas são maus. Que fazer então, espremido entre a crença e a vida? "To be or no to be".

Venceu a insistência da esposa. O Coronel iria batizar Marx, mais tarde, menino já grandinho. O comunismo sofreria seu primeiro baque em Salinas, por conta da gratidão "pequeno-burguesa". Mas Alencastro poderia dizer como Adão, diante de Deus, dando as costas às portas do Paraíso: "Senhor, foi a mulher que tu me destes!"

E o Coronel ficou, pelo menos uma vez, do lado dos comunistas. A história escreve certo por linhas transversas.

E viveram muito felizes em Salinas nos anos de 1938 e 1939. A vida do casal foi seguindo seus desígnios, com o inteligente e admirável Dr. Alencastro criando sua família com a maior dignidade e honestidade pessoal, admirado por seus próprios inimigos políticos, os integralistas. Foi amigo de Juscelino Kubitschek, que admirava seu caráter. Morreu em 1981, em Belo Horizonte, conservando até o túmulo suas convicções socialistas.

PESCARIA NO RIO CIPÓ

Apolo Lisboa

Chegamos às margens do Rio Cipó e apeamos. Eu e mais três experientes pescadores amadores. Eram mais ou menos 20h. Havia percorrido uma hora de carro, em estrada de terra, desde Presidente Juscelino, antiga Paraúna. O pessoal tem preferência pela lua quarto crescente, visto a escuridão ser favorável àquela modalidade de pesca.

Com folhas secas e gravetos, fizemos o princípio de uma fogueira, que quase do zero de um pau de fósforo foi se encorpando até gerar um novo ambiente no local. O fogo é fascinante. Estávamos sob uma gameleira de dezenas de metros de altura seguida de algumas outras árvores menores acompanhando o rio, num local que chamamos de prainha. Tomamos um café trazido na garrafa térmica e rapidinho os primeiros espetos de vara, nascidos ali no ato, introduziam os pedaços de alcatra no braseiro. No preparo da fogueira, durante a procura da lenha e manejo da carne, íamos provando o aperitivo de cana trazido da fazenda do Senhor Miguel, velha pinga de 20 anos de curtição. Com essa providência o ambiente já era de festa. E mal provamos os primeiros pedaços de carne, os dois pescadores mais novos embarcaram rio abaixo, colocando redes lado a lado do rio e sondando a noite.

Voltaram vibrantes, mais de uma hora depois, trazendo já dois curimatãs. Meia hora depois partimos os quatro na canoa, indo rio acima por uns duzentos metros e depois rio abaixo por uns três quilômetros, cortando passagem por entre picos de lapa e trechos encachoeirados. O borbulhar da água nesses locais, destacado pelo silêncio absoluto da noite, orquestrava os múltiplos sons graves e agudos emitidos pela natureza, levando-nos às vezes a escutar diversos matizes de vozes humanas. A canoa ia descendo silenciosa, como que deslizando. Na proa o fisgador, de pé, como uma carranca do São Francisco, empertigado e atento, com o farol alimentado por bateria de carro na mão esquerda e a longa vara com o arpão na ponta, na direita, vasculhando o rio. No centro, assentado, estava eu. Na minha frente, pouco atrás do fisgador ou arpoador, de pé, ia o tarrafeiro, pronto para balançar no ar sua longa "saia" e despachá-la voando sobre o peixe cujo menor tamanho dificultasse sua captura pelo arpão. E foi isso que aconteceu logo em seguida, trazendo mais um curimatã para o barco. Na ponta de trás, ou popa, estava o remador, às vezes assentado, ou mais frequentemente de pé, determinando, com longa vara que tocava o fundo do rio, a nossa direção por entre as rochas, perfeitamente sintonizado com as intenções e menores gestos do homem da proa, o fisgador.

Passamos por lugares muito rasos, forrados por pedras; por remansos bons para o mergulho, por lugares fundos e estreitos chamados canais, e por corredeiras. O Rio Cipó não ultrapassa muito a largura de uma rua. Às vezes avança sobre pontas de pedras, noutras, é manso. Sua água tem uma tonalidade escura que traz da serra, e mais escuro fica com as sombras das árvores ciliares que se debruçam sobre seu leito.

Diversas vezes ouvimos ruídos às margens. Poderia ser paca, ou rês, ou outra coisa qualquer. A espingarda 32, cartucheira, estava no chão do barco com o bico voltado para a frente, pronta pra agir, numa ou noutra circunstância. Há proprietários que não gostam de ver pescadores no fundo de seus quintais, e são motivo de preocupação. Alguns são violentos e podem supor que os estranhos sejam maus elementos da cidade grande, embriagados e armados, ou mesmo os temíveis assaltantes de fazenda. Nisso, rápidos ruídos silenciosos correm o barco agitando gente e coisas, o farol procura aqui e ali e o fisgador em riste dispara o arpão sincronizado com rápidas manobras do remador-leme. A boia branca corta o rio aos pulos para lá e para cá indicando resistência do grande surubim e sua direção. Outro arpão já está preparado na ponta de uma longa vara de três metros para acabar com o peixe que, embora cravado no dorso, ainda se opunha em velozes corridas, cansando-se, esvaindo-se, parando um pouco num remanso, assustado. Nisso, o fisgador atira fortemente sua mortal e certeira flecha que brutalmente secunda a primeira, penetrando tão fundamente na branca carne do animal e por entre suas grandes e espinhosas costelas, tornando possível, sem medo de perder o peixe, trazer o bichão pela corda que liga o arpão à vara. Devia ter no mínimo uns quinze quilos e foi o segundo da noite. Sua boca enorme, maior que uma criança de seis meses, não tem dentes e é forçada pelas mãos do pescador no sentido anteroposterior até liquidar com o bicho que pouco reage dentro da canoa, e logo jaz ao lado dos três primeiros curimatás e de outro surubim menor. Esse peixe é também chamado de pintado por causa das manchas escuras que tem no couro. Dizem couro para enfatizar a ausência de escamas. Vez por outra um pacu, um curimatã, um mandi são seguidos a distância pelo farol e desaparecem pelas grotas fugindo ao foco da implacável perseguição. O segredo desse tipo de caçada é não provocar ruídos no assoalho do barco, que são transmitidos à água e aos peixes. As conversas não prejudicam, nem a luz que, traiçoeiramente, os iluminam nas águas transparentes do Rio Cipó. Outro surubim arpoado consegue escapar ferido, talvez sobreviva, talvez não, deixando o arpeiro visivelmente conturbado com a situação. O verdadeiro pescador parece admirar a bravura do peixe, não deixando de contar histórias sobre a resistência de um surubim, dourado, ou outro qualquer. Quanto mais extraordinária for a caça, melhor se sente. Mas se sente culpado quando o espécimen escapa ferido. Dá-lhe uma coisa ruim por dentro.

De repente, passa um matrinxã e a tarrafa cai-lhe em cima. A luta contra o peixe dura alguns minutos tensos, pois há sempre a possibilidade de romperem-se os fios daquela armadilha e a presa escapar. O farol mostra-o na tarrafa se entregando, estrebuchando nas mãos cada vez mais próximas da morte que finalmente o liquida com um golpe certeiro de porrete na cabeça, antes de arremetê-lo ao barco. Esse procedimento é comum também aos peixes maiores presos nas redes estendidas de um lado a outro do rio, que são vistoriadas em toda sua extensão sempre que o barco por elas passa subindo ou descendo a correnteza. Às vezes um rasgão encontrado ativa a imaginação dos pescadores, e a busca cresce em emoção. Os pescadores sabem que o uso da rede é proibido. Ela retém peixes de todos os tamanhos, ameaçando a sobrevivência das espécies, contudo, enquanto dormimos, inúmeros pescadores passam a noite fincando suas redes de lado a lado das margens dos rios bloqueando completamente a passagem com as malhas invisíveis da morte. Nela se enrascando, o peixe, assustado, força-a para a frente, até exaurir-se. Mesmo que pudesse dar marcha a ré estaria engastado por suas barbatanas, e quanto mais movimento faz, pior fica.

Sobe pela madrugada da superfície quente da água, em relação ao ar frio de junho, uma leve fumaça que brota por toda parte, prejudicando a visibilidade. O frio aperta. Os dois rapazes da expedição saltam descalços até as pedras a fim de redirecionarem o barco por entre lapas e corredeiras, numa atitude corajosa e áspera tal era o frio às duas da madrugada. O prazer dos pescadores em capturar o peixe não vê obstáculos à sua empreita. O farol cruza de novo o rio para todos os lados e encontra a terceira rede quando, horas depois de olímpica atividade, retornávamos rio acima em busca do nosso fogo. Achamos um novo curimatã que resplandeceu sob a luz do farol. Trazido à superfície é imobilizado com uma firme paulada na cabeça. Esse golpe de misericórdia sucedia sempre que na tarrafa ou na rede havia peixe de certo porte para que não escapasse ao ser jogado na canoa.

Eu era ali um observador ecológico privilegiado, acompanhando homens que se dedicavam, apaixonadamente, à principal atividade lúdica de suas vidas. As conversas eram poucas, sempre relacionadas com o rio. Ora o frio que nos fazia ter "chimbre", ora os peixes grandes que sumiam sem serem fisgados, ora discussões sobre para onde seria melhor levar a canoa. A posição do arpão na mão firme do pescador recomendava irmos descendo pela direita e subindo pela outra margem. Mas isso podia variar na transversal, conforme as características que o rio ia adquirindo. O mais velho deles, pai de um dos rapazes, dizia-me, arpão em punho, que quando mais moço pegou muito dourado e surubim de maior porte no Rio Paraúna, mas que infelizmente acabaram com o rio. Responsabilizou as redes estendidas, da foz à nascente, sobretudo durante a piracema. Antigamente era muito comum, dizia, pescarem com explosivo, como dinamites, e o efeito foi devastador. Hoje, a poluição pela indústria, os esgotos, as minerações e o uso generalizado de agrotóxicos são piores que as dinamites – arrematou apoplético em defesa de seu rio.

Fiquei vivamente intrigado com a linguagem daquele novo tipo de companheiro ecologista, rude sertanejo, criado na beira do rio, comerciante de pequena monta, admirador, a seu modo, da natureza, da caça e da pesca. Eles podem fazer muito pelo ecossistema se incorporados, de modo positivo, a esse mutirão. Odeiam o Ibama de hoje, como o IBDF de ontem. Denunciam a caça aos pequenos pescadores e o protecionismo às empresas rurais e urbanas, que produzem a destruição em escala "industrial" das espécies.

No barco, eu alternava posições em pé e assentado, para acomodar a coluna e esquentar um pouco os músculos glúteos anestesiados pelo frio e pela posição incômoda durante tantas horas. O frio era intenso e úmido, meus agasalhos insuficientes. E a canoa muito leve e comprida ao balançar obrigava-me permanentemente a buscar o reequilíbrio.

Com uma cuia ajudava a tirar água que ia enchendo o chão da nossa embarcação, o que me entreteve e aqueceu nas cinco horas de nau.

Para mim, embora gostasse da experiência, a volta ao "acampamento" foi um alívio. Assamos queijo e alcatra nos espetos, entre goles de cachaça da boa. O bom pescador bebe, mas não se embriaga. É sóbrio. Pois há na pescaria os seus riscos. Uns inclusive preferiam mais o café. A fogueira fora reacesa rapidamente com nova geração de lenha catada nas reentrâncias arteriais onde há muita madeira trazida pela última enchente e deixada engarranchada em paus e troncos. Depois da ceia, nos estendemos à beira da fogueira, sobre uma lona, com nossos agasalhos e cobertores de muitas pescarias jamais lavados. Eram três e trinta da manhã. De tempo em tempo alguém se levantava para colocar lenha no fogo, pois o intenso frio nos mantinha apenas dormitando. O sono melhor veio pela manhã, com o Sol. Fez-nos muito bem lavar o rosto no rio e tomar o resto de café da garrafa térmica com um pedaço de pão. Para adiantar o expediente, uns foram colocando os peixes no isopor e no porta-bagagem do carro. Eram mais de quarenta quilos, já limpos. E o Sol, refletindo sobre a relva neblinada, resplandece-a nos dando bom-dia. A sensação de aquecimento do corpo pelos pequenos exercícios e o calor do Sol faz nosso espírito achar que todo o frio e sono não dormido da noite no rio valeram a pena. Só não esperávamos que a caminhonete enguiçasse. Não quis ligar. Estava mal estacionada, muito perto de um declive e da beira do rio, cercada de mato escorregadio com muito pouco espaço para pegar no empurrão. Tivemos de esperar mais de quarenta minutos para que um dos nossos fosse até a fazenda mais próxima buscar uma junta de bois. Só assim os cavalos da potente máquina funcionaram.

O terreno onde passamos a noite pertence a Raiz, vilarejo de Presidente Juscelino, na roça conhecida por Cela Grande, de amigos do Sika e do Siquinho. Há uns seiscentos metros do rio está a casa de D. Raimunda, viúva valente e jovem, com vários filhos, que monta cavalo, toca o gado, tira o leite, fala firme e tem aspecto de vaqueiro. Seu marido foi vitimado pelo Mal de Chagas. A cachorra Diana dessa senhora nos acompanhou por toda a noite, ao lado do acampamento, nos prestando inestimável ajuda policial contra a aproximação de outros animais. Por isso ganhou nossa simpatia e uns bons pedaços de alcatra.

Enquanto nos afastávamos pelo caminho de terra, subindo morros, o rio ia desaparecendo entre suas muitas curvas. Tomara que o Rio Cipó sobreviva!

SOB A SOMBRA DO TAMBORIL

Apolo Lisboa

Meu nome é Antônio Melquior dos Santos, mas podem me chamar de Lula e continuo vivo aos 35 anos pela graça de Deus. Sou filho legítimo de Genebaldo Gumercindo dos Santos e Maria Jovina Alves dos Santos, casados segundo a lei de Deus e dos homens. Sou nascido e criado no município de Sucuriú, que os grandes trocaram para Francisco Badaró, nome de batistério do conhecido Chico Promessa.

A minha história só dá pra contar se for resumida. Por inteiro ela é longa demais, toda hora teria que parar pra chorar: a morte da minha mãe aos 35 anos com Mal de Chagas, da minha irmã mais velha, picada por cobra venenosa, e a de meu pai, passado nas armas por jagunços a mando de grileiro querendo mais terra. Eu mesmo fui pro garimpo e escapei por pouco. Sabe por quê? Porque "bamburrei". Saí um dia do túnel com as mãos cheias de águas marinhas e vi que o dono do garimpo preparava meu assassinato pra poder ficar com o direito às pedras. E, antes que "o bico de anu" me furasse o corpo, fugi de volta pra casa, garantindo o valor maior. Mas a roça não dava condições. E havia seca, os preços, as distâncias e as doenças. A família dependia de mim, e fui com o meu irmão José para São Paulo, pra mode sustentar os pequenos que ficaram com uma tia, cumade de minha mãe.

Moramos em obra, cozinhando e lavando, pra ganhar salário mínimo e ainda economizar. Na cidade grande é cheio de gente, mas vivia na solidão. E num dava economia suficiente. O jeito foi trazer minha irmã Geralda pra trabalhar na casa do engenheiro e ajudar a mandar dinheiro pra casa. Mas num aguentei mais do que 10 anos. Voltei sobre os meus passos e vou contar o que aconteceu. Foi nas férias, quando vim passar o Natal e Fim de Ano com o que sobrou de minha família. Pensava voltar pra São Paulo, por necessidade, como fazia todos os anos. Mas eis que, saindo dum culto na comunidade, vi uma menina de 16 anos incompletos, espigadinha e andando ligeiro. Meu coração se enterneceu com seu sorriso de criança, aquela alegria dos inocentes, o corpinho de menina moça metido nas roupas simples costuradas em casa mesmo. Naquela noite começou a bater em meu peito a vontade de reconstruir minha vida na minha terra, pois só ali aquela cena poderia ter acontecido.

Nos dias seguintes, conversei com Lucinha e abri para ela meu coração. Falei de minha vida, dos meus sofrimentos e poucas alegrias. Mas, sobretudo, falei da vontade de ter um futuro feliz que pensava com ela construir, apesar dos obstáculos que há diante de nossa classe. Modéstia à parte, não era dos mais desajeitados e parece que acertei no coração dela.

Arresolvi então levantar as paredes da casa na gleba estreita da família onde cabia eu. Mas num sabia direito como iria viver no futuro. Quem sabe acertando minhas contas em São Paulo, pegando o fundo de garantia, poderia botar um boteco ou quitanda, ou ir, periodicamente, passar uns cinco meses cortando cana ou colhendo frutas em São Paulo? Ou conseguir um emprego de motorista na empresa de eucalipto mais próxima?

Acabei tendo que fazer tudo isso, deixando para arresolver esses problemas com o tempo. Parti com fé para tentar nova vida onde houvesse carinho, sentido e paz, mesmo sem a ilusão de conseguir ganhar dinheiro. No Jequitinhonha, eu sei, não terei aquele futuro que sonhava conseguir indo para São Paulo. Mas vou ter presente. Em São Paulo, a gente sonha com o futuro renunciando ao presente, mas acaba cedendo, ainda novo, ao tripanossoma, ao xistossomo, ao acidente, à loucura, antes de chegar lá onde se pretendia. Quem não morre de infortúnio, também a fortuna não toca. Continua pobre.

Minha casinha começou a tomar forma em poucas semanas. A areia ali é de graça e abundante, retirada do Rio Araçuaí que passa encostado na nossa casa, no triângulo que fica entre Berilo, Virgem da Lapa e Sucuriú. Do cascalho do rio e ribanceiras com cimento fiz o alicerce. Madeira pra rebuçar busquei perto. Só comprei tijolo queimado, telha e um pouco de cimento, porque queria fazer uma morada sólida. Poderia fazer de palha e bambu, de adobe e folha de coqueiro, de qualquer jeito faria.

Hoje estou com duas filhas, vivendo feliz com Lucinha na casa que eu mesmo fiz. O terceiro está na barriga que já vai pro oitavo mês. Agora fiquei sabendo, depois das pesquisas de um paulista, que há muito ouro e diamante de aluvião na beira do rio onde apanhei o material. Uma empresa que se instalou para explorar os minérios preciosos, cercou toda a área e anda derrubando o chão do rio, pisando na letra-morta da lei e do patrimônio público sob guarda da marinha.

Minha casinha foi construída, sem eu saber de pedrinhas de brilhantes e ouro em pó. A resistência de seus alicerces é medida em quilates. Houve gente que veio me aconselhar pô-la abaixo e transformar a riqueza em dinheiro. Mas estavam interessados em meu terreno. Afinal para que servem os diamantes e o ouro?

Por que demolir a minha casa e um pouco de minha história para fornecer ouro e brilhantes para joias de outras mulheres e outros mundos? Melhor ficarem onde estão, dando-me cobertura. Minha casa, sem eu saber, quando a construía, é a maior joia do mundo. Suas paredes reluzem aos olhos dos outros e na imaginação deles. Acredito que não estão vendo o brilho e o valor maior que há dentro dela. Por nada eu a derrubo. Não tenho bom emprego, não tive formação de escola, nem diploma, nem tenho terra suficiente e boa, com as condições para produzir. Mas tenho uma família feliz, não pago aluguel e vivo no meio da minha gente.

Deste pedaço de terra tiro o sustento e, enquanto tiver saúde, comida não vai faltar. Na cozinha, ao lado das vasilhas areadas que dão gosto, Lucinha pendurou na parede sua bandeira de pano de prato:

Dinheiro pra despesa
cozinha arrumada
marido bonzinho
não quero mais nada.

Lucinha é da Associação dos Artesãos para onde envia seus trabalhos de tecelã. Pensamos defender nosso lugar e nossa liberdade e fazer nascer um movimento para gerar empregos aqui, que seja ligado também às boas coisas de nossa cultura e da natureza. Acredito que tem que haver solução aqui mesmo no Jequitinhonha, à sombra do tamboril.

AS ALMAS DE TURMALINA

Arlindo Maciel

Naquele tempo, Turmalina era uma cidadezinha tranquila, sem os ruídos de hoje, pois os carros eram raros e as motos barulhentas ainda não existiam. O que se ouvia mesmo era o canto de canários, sabiás, pintassilgos, estrelinhas e muitos outros pássaros que voavam pelos quintais afora. As ruas, calçadas de pé de moleque, eram limpinhas e tinham nomes que soavam agradáveis aos ouvidos: Rua das Flores, Direita, do Rosário, do Prumo, do Pequi...

As casas, sempre muito bem cuidadas, eram alegres, com as suas famílias numerosas, parentes circulando de lá para cá. Os seus habitantes levavam a vida ao ritmo da natureza e tinham o bom hábito de cultivar flores e frutas nos quintais. Uma verdadeira mania. Toda casa, por mais simples que fosse, tinha o seu jardim, apinhado de cravos, cravinas, jasmins, jardineiras, rosas, brincos-de-princesa, anáguas de moça e tantas outras flores perfumosas. Os pomares eram motivo de orgulho. Ali se produziam laranjas campistas e seletas, mangas de várias qualidades, mamão, jenipapo, uvas e até pequi.

Os hábitos domésticos eram singelos. As mães cuidavam dos lares e faziam doces e quitanda, com a filharada sempre por perto à espera do tacho pra rapar. Os pais cuidavam de seus pequenos negócios ou de suas terrinhas. Ao final das tardes, enquanto os homens, dentro de casa, tomavam café e faziam planos, as mães, avós, tias, primos e primas, sentados à porta de suas casas, contavam da vida e sonhavam com a próxima Festa do Divino. Os hábitos sociais eram simples e consistiam em receber e pagar visitas, convidar os amigos e cear com eles.

De repente, um tema passou a dominar as conversas na cidade. Era sobre almas penadas. De uma hora para outra, as almas deram de visitar a cidade, não sei se atraídas pela religiosidade do povo ou se pelo cheiro de flores que exalava de todos os lados ou, quem sabe, pela penumbra que cobria as suas madrugadas. Vagavam por ali meio tontas, a pedirem Pai Nosso, perdão, ou alguma coisa pra comer ou se justificar de alguma cerca pulada em vida. Algumas apareciam do nada, sempre após o canto do galo, ao lado da cama de algum infeliz que acabava em risco de também virar alma, de tanto medo. Outras, nem esperavam a madrugada, à boca da noite apareciam à beira de alguma estrada rural, assustando cavaleiros que voltavam sossegados para suas casas, como foi o caso do nosso primo que aparecera na estrada de uma fazenda, deitado no próprio caixão em que fora enterrado.

Embora viessem todas do purgatório, pois nem do céu nem as do inferno podiam regressar, as almas de Turmalina não traziam sempre as mesmas características. Algumas vinham branquinhas, com apenas uma ou outra mancha escura, que representava os pecados ainda não expiados. Estas emitiam uma luz esverdeada, através do que antes fora o seu corpo. Penetravam nos quartos sem qualquer ruído, nem mesmo a porta precisavam abrir. Outras vinham estabanadas. Chegavam batendo portas, trombando em tudo e derrubando objetos. Estas tinham o "corpo" escuro e, em vez de luz, carregavam uma chama nas costas.

Os comentários eram muitos, mas raras as pessoas que tinham a coragem de estabelecer algum diálogo com esses seres do outro mundo. Aliás, na cidade só a velha Clemência, a Quelé, tinha coragem de fazê-lo. Era ela quem intermediava o diálogo entre essas almas e as suas famílias. Quelé era uma velhinha miúda, encarquilhada pelo tempo, de pouca conversa, que parecia olhar sempre para o além. Não tinha alma que ela não enfrentava. Responsadeira, essa era a sua profissão. Me lembro bem do caso de uma alma barulhenta que, durante várias noites, visitou a casa do seu Tião Ferreira lá na Cavalhada. Era uma alma agitada, que chegava sempre de madrugada. Entrava porta adentro derrubando vasos, panelas, potes quase matando de medo a família do seu Tião. Quelé foi chamada pra responsar. Chegou lá na hora prevista e logo desapareceu no breu do quintal, que, além de imenso, era cheio de sombras. Algumas horas depois,voltou exausta, pálida, mais encurvada do que quando chegara. Trouxe o recado. Aquela alma era de um parente próximo que, de propósito, deixara de pagar uma dívida a um amigo e por isso ainda não havia encontrado a paz desejada. A família apressou-se em resolver o mal feito e, com isso, lá se foi a alma juntar-se aos bem-aventurados. Uma outra alma da cidade foi parar na casa de um seu compadre em uma cidadezinha situada a quarenta quilômetros de distância. Essa era uma alma bondosa que fora visitar o amigo apenas para lhe dizer que estava com vontade de comer feijão bago-bago.

Muitas outras apareceram por ali e deixaram as suas histórias. O tempo passou, os costumes mudaram. Chegaram os carros, as motos barulhentas e muitos sonhos e fantasias voaram dos quintais junto com as almas e os passarinhos. Turmalina conta hoje com aproximadamente 17.000 habitantes e ainda conserva algumas das boas características e hábitos de antigamente. O seu povo continua caprichoso, alegre, trabalhador e solidário, e muitos jardins ainda resistem.

Mas a cidade não é mais visitada pelas boas almas do purgatório. Talvez elas tenham se assustado com o ronco dos motores, ou com a nova iluminação, ou perceberam que, se aparecessem, não seriam mais notadas, pois a maioria dos habitantes de hoje não acredita que elas existem e também de nada adiantaria acreditar, pois muitos nem sabem rezar o Pai Nosso. Sendo assim, como poderiam ajudá-las a amenizar os seus pecados? Além do mais, a velha Quelé não está mais lá pra responsá-las, pois, há muito tempo, se foi juntar às boas almas no céu.

TU ÉS PÓ!

Arlindo Maciel

Todos os anos, eu ia com a minha mãe à igreja para receber as cinzas, rezar e pedir perdão por pecados que eu só cometeria em carnavais futuros. Todos os anos, voltava para casa intrigado com a frase que o vigário recitava, repetidamente, ao passar a cinza na testa dos fiéis... e dos infiéis também: "Tu és pó e ao pó retornarás". Não entendia e não concordava com a atitude do vigário. Aquela sentença, para mim, era injusta, pois nem todas as pessoas da cidade eram pó.

É certo que a cidade tinha os seus pós, mas, daí dizer para todo mundo "Tu és pó..." era, no mínimo, ignorância. O preto João de Deus, por exemplo, era pó? Quem na cidade teria a coragem de afirmar isso? Somente um louco e aquele padre italiano que não o conhecia. "Tu, João de Deus, és madeira de lei e à madeira de lei retornarás", assim deveria ser dito. E a minha mãe, por acaso era pó? Aquele padre era um cego. "Tu, senhora, és luz e para a luz retornarás", essa seria a sentença justa. E as filhas do advogado mais famoso da cidade eram pó? Qualquer marmanjo da cidade sabia que não era verdade. "Vós, meninas, sois flores e às flores retornarão", assim diriam. E eu seria mesmo um pó?

Muitas quartas-feiras e muitas cinzas se passaram sem que eu tomasse uma atitude e resolvesse a minha dúvida. Um dia, porém, depois de receber as cinzas e ouvir o padre dizer

"Tu és pó e ao pó retornarás", saí da igreja voando, direto para casa, a fim de tirar aquilo a limpo. Chegando lá, tranqueime no banheiro e aí fiquei por longo tempo a me olhar no espelho. Examinei todo o corpo e, como não encontrei qualquer vestígio de pó, molhei uma toalha e esfreguei no rosto, no tronco, no abdome, e nada. Quando a passei nas pernas, tomei um susto danado: a toalha ficou toda suja de um pó vermelho, aderente, preguento. — Meu Deus! Sou mesmo um pó. Estou perdido, pensei, e já ia correr à casa da minha tia Henriqueta, que era beata, quando me lembrei da pelada que jogamos, na tarde anterior, lá no largo de Dona Corina. Lá tinha tanta poeira que, a cada dividida mais forte, a bola desaparecia. E como naquele dia não fomos ao rio nadar, e os banhos lá em casa, na bacia, não eram lá essas coisas, sobrou aquele pozinho aderido nas minhas pernas.

Naquele momento, eu descobri o que eu não era. Aí, pulei de alegria. O italiano estava enganado! Se eu crescera à margem do rio e vivia a brincar na água, eu não era nenhum pó; o que eu era mesmo era água e era pra lá que eu retornaria, jamais ao pó. Tinha que contar isso ao vigário para que, no próximo ano, ele dissesse para todo mundo ouvir: "Tu és água e à água retornarás". Pediria à D. Áurea para convencê-lo; ele a ouviria, pois era ela que mantinha lustrosos as centenas de santos espalhados pelas igrejas da cidade. Assim o fiz.

Hoje, ao lembrar-me daquele tempo, fico me perguntando se ainda serei água. Já não tenho tanta certeza, pois, ao me olhar no espelho e ao perscrutar a minha alma, já descubro vestígios de pó. Além disso, a maioria das águas da minha infância virou pó. Não existem mais o Água Suja, o Água

Limpa, o Bom-Sucesso, o Córrego do Sapo, o do Bicho, o da Chácara, o Bentinho, o Santo Antônio, o Tomaz Corrêa, o Lourenço; nem existem mais as cacimbas, nem os olhos d'água, nem as veredas da Dona e do Tatá, nem as lagoas e tantas outras águas onde pesquei, nadei e matei a minha sede, juntamente com meus amigos, nas nossas investidas cerrado adentro. E mesmo o grande Jequitinhonha, o Araçuaí, o Fanado, o Itamarandiba, o Setúbal, o Capivari, estão todos a caminho do pó.

Isso me deixa triste e me traz lembranças daqueles dias e o desejo de me encontrar, numa quarta-feira qualquer, antes que a vida me leve em algum redemoinho, com o padre Francisco Torturra, para falar-lhe daquele tempo e para receber das suas mãos, humildemente, as cinzas e ouvir a sua sentença: "Tu és pó e ao pó retornarás".

AMIGO

Carolina Antunes

Foi num mês de férias, quase Natal. Nascimento! Renascimento? Acordei mais cedo do que de costume. Aquela espinha no rosto, que eu trouxera comigo de Diamantes, continuava a me incomodar.

Como de hábito, permaneci mais algum tempo na cama, fazendo mil planos, sonhando acordada meus sonhos de adolescente. Subitamente, ouvi umas vozes. Vinham da cozinha. Uma – parece – era de um dos meus irmãos que morava em Diamantes:

— Aconteceu! Foi nesta noite, na hora da chuva...

Ah! Tinha chovido. Até que enfim, a bendita chuva viera. Por causa dela, aquele frio inusitado. Levantei-me com preguiça e fui caminhando em direção à cozinha.

— Coitado! Já estava muito velho e cheio de doenças. Não aguentou! Há muito já vinha ficando fraquinho e desanimado.

Entrei na salinha e de lá percebi a tristeza no rosto de minha mãe e no da comadre Luzia, cujos olhos olhavam ao longe e faiscavam verdes, intensamente verdes. Aproximei-me, também, da janela. Pressentimento horrível, coração apertado... Olhei para o lugar que os meus olhos sempre procuravam e nada vi. Nem ouvi passos que se afastavam. Continuei olhando no vazio deixado por ele, meu singular amigo.

Lembrei-me dos passeios da escola, no mês de outubro, momentos gostosos e inesquecíveis de minha infância. Na

sala de aula, nosso assunto era sempre o mesmo e, até chegar o dia, éramos um só alvoroço. Escolhíamos o lugar em que íamos passear. Era sempre o mesmo! D. Zezé não gostava de nos chamar por apelidos e, falando, solenemente, os nomes da chamada, fazia, junto conosco, a lista das coisas que deveríamos levar. Depois é que distribuía as tarefas a serem cumpridas antes e depois do "passeio".

Afonso - café/groselha/bolacha Maria
Anita - biscoito de doce/farinha de milho
Bolivar - balas/bolacha Maria/corda
Carolina - requeijão moreno/farinha de milho
João - café/biscoito de doce/balas
José Maria - requeijão moreno/balas
Maria Amélia - rapadura/bananas
Mariza Augusta - biscoito de goma/bananas e laranjas
Maria do Rosário - biscoito de goma /balas
Nício - requeijão moreno/bola/peteca

— Mestra, eu vou levar limão para a limonada, gritava a Anita, a menina mais bonita da sala. Assim diziam os meninos! E à professora, coitada, que só via o ordenado uma ou duas vezes no ano, cabia a obrigação de nos presentear com uma gostosa "farófia" – palavra que ela repetia, sabiamente, quando pronunciávamos "farofa" – ou com uma suculenta galinhada.

E, em todos os anos, lá estava ele, sempre presente, altaneiro, majestoso, compartilhando da nossa alegria. Sua estatura alta e forte nos protegia e nos passava a impressão de eternidade.

Aos dez anos de minha idade e não sei quantos da dele, fui estudar em Diamantes e, com infinitas saudades, carreguei comigo sua imagem silenciosa e protetora. E, na época das férias, quando voltava a Alegria, ainda na carroceria ou na boleia do caminhão ou na janela da jardineira, já ansiava por vê-lo e abraçá-lo. E, inevitavelmente, ia visitá-lo uma, duas, três vezes... Mas, meu Deus, agora, nestas férias, a tragédia! Nem mesmo tivera tempo de encontrá-lo. Nem uma única vez!

Meu irmão aproximou-se da janela. Meu olhar seguiu a direção do seu. Pareceu-me ver meu amigo sair de sua imobilidade e se balançar cumprimentando-me... Ledo engano! Não vi mais a sombra esverdeada e frondosa que povoou a minha infância. Uma ramagem desconhecida e rala, seca e amarelada jazia no chão, despedaçada, braços de um tronco dividido em mil pedaços.

Coração apertado, tristeza, lágrimas escorrendo-me rosto abaixo... Alegria nunca mais seria a mesma! Do nosso Pau-d'Óleo, estraçalhado por um raio, só nos restava a saudade.

VIAGEM A ITAMARAJU

Carolina Antunes

Você pode até duvidar, mas este caso aconteceu deveras, numa cidadezinha do nordeste mineiro, onde morava Pedro Caetano, caminhoneiro de muita fama pelo tanto de chão que já palmilhara.

Além de rodar por este mundo afora, levando rapadura, farinha de mandioca e toucinho, trazendo mercadorias e coisas da cidade grande, Pedro Caetano virou um dia mestre de guiar. Corajoso, mas prudente, olhos na estrada e mãos presas ao volante, ele também resolveu praticar o ofício de, em certa época do ano, ensinar aos interessados das redondezas aquilo que sabia fazer como ninguém

Na primavera, os domingos de Alegria se tornavam uma festa. A Rua Direita se enchia de homens jovens e velhos que vinham aprender com o mestre, que não se cansava nunca e se esmerava nas orientações e aconselhamentos. Nessas horas, ele se esquecia de tudo. Até de Alzira... O dia de descanso, que se transformava em dia de labuta, espichava-se por horas além da conta. Os aprendizes não tinham pressa, e o mestre exigia de todos tão grande esforço que eles quase chegavam à exaustão. Quando terminava a lida, fatigados, porém satisfeitos, despediam-se amistosamente, batendo as mãos nos ombros uns dos outros.

— Até domingo! Não esquece o caderno de instruções.

— Pode me levar até na Várzea?

Pedro Caetano, enfim, podia descansar e, na segunda-feira, ou, no mais tardar, na terça, partia para outra de suas intermináveis viagens semanais. Felizmente, ele tinha o Ozório, ajudante de caminhão muito requisitado que, além de carregar o veículo com as pesadas cargas, lhe fazia companhia pelas estradas poeirentas, em noites maldormidas.

O homem era calado. Calado até demais, mas foi ele quem, num certo dia depois do almoço, quando Pedro Caetano descansava na rede armada numa árvore e na carroceria do caminhão, sugeriu que o patrão ensinasse o ofício aos que dele necessitassem.

— Aqui por estas grotas não tem quase ninguém que sabe guiar direito. E quem guia não tem carteira. O patrão sabe de um tudo. Podia até levar os interessados em Itamaraju pra eles tirar o documento.

Ideia boa a do Ozório! Daquele dia em diante, Pedro Caetano não pensou em outra coisa até que tomou a séria decisão de que iria ser mestre de guiar. Com a ajuda de amigos, a notícia espalhou, correu mundo e, exatamente no primeiro domingo da primavera, em Alegria, a Praça da Matriz ficou coalhada de homens, cavalos de montaria, um caminhão e dois jipes, aguardando a chegada de Pedro Caetano.

Ele apontou numa das ruas que davam na Praça, acompanhado do ajudante. Apresentou Ozório e, sério e solene, apertou a mão de todos. Depois leu, com interesse e cautela, os apontamentos sobre o curso de guiar e se colocou de prontidão para responder perguntas e prestar esclarecimentos. Finalmente, mandou que todos subissem na carroceria do caminhão, entrou na boléia com Ozório e se dirigiu para o campo de aviação, onde seria ministrada a primeira aula. E assim, os domingos de primavera foram se passando em Alegria. A variação vinha do lugar da aula: na Cavalhada, no campo de futebol, no Morro do Carrasco – bom para o treino de balizas de subida –, na Rua Direita.

Há muito já tinha entrado o verão, e mestre Pedro não dava indícios nem de que era hora de pensar na viagem a Itamaraju. Os aprendizes, ainda que não se manifestassem abertamente, começaram a se inquietar. Finalmente, num domingo de muita chuva, pra sossego de todos, ele comunicou, reticente, que passadas as águas de março, iria marcar os exames em Itamaraju. Enquanto isso haveria treino também às quartas-feiras e, nas duas aulas anteriores ao dia de São José, 19 de março: "Eu vou ver mesmo quem pode fazer o exame."

O santo ajudou muita gente, pois quase todos passaram na prova de Pedro Caetano. Os que ficaram, decepcionados, resolveram que ajudariam Ozório a organizar a viagem e, quem sabe, iriam a Itamaraju pra animar os companheiros. Os escolhidos compraram a carne de sol para a paçoca da viagem, juntaram as vasilhas para o cozimento dos alimentos, discutiram sobre as roupas que deveriam levar... até que, um dia, madrugadinha, no começo do outono, as famílias assistiram das calçadas à saída de seus homens, rumo a Itamaraju. Estava amanhecendo, e um ventinho pouco soprava, quando eles, enfim, partiram, e suas mulheres e filhos se recolheram a suas casas. Da janela, Alzira olhava a comitiva com os olhos cheios de interrogações...

Pedro Caetano estava apreensivo, mas feliz. Cumprira, com esforço e dedicação, o seu papel de mestre de guiar e se dera bem na empreitada. Todos reconheciam o seu trabalho e tinham um enorme respeito pelo mestre. Ele e Ozório cuidaram para que a viagem seguisse tranquila e segura, pois isso lhes fazia bem e era importante para o êxito dos candidatos ao volante.

Depois de três dias de viagem, chegaram, enfim, já de noitinha, a Itamaraju. Pedro Caetano sugeriu a todos abstinência de carne, proibiu o uso de álcool e exigiu que, impreterivelmente, todos fossem dormir às 21h. A não observância a essas normas poderia, com certeza, prejudicar os candidatos. Disciplinado, ele foi para o quarto também à hora combinada, mas o sono só o pegou de madrugada. Deitado, com os olhos no escuro do teto ou em Ozório, que dormia placidamente na cama ao lado da sua, o mestre repassava na memória todos os acontecimentos daqueles longos meses, dias e horas que antecederam à data do exame. Continuava apreensivo, mas se tranquilizava pensando: "Tudo está dentro do certo, e eu, então, poderei continuar no meu novo-velho ofício."

No dia seguinte, à hora aprazada, lá estava Pedro Caetano e seus homens ao lado da máquina recém-lavada e polida por Ozório. A Praça de Exames estava animada de homens, caminhões e outros veículos. Depois de se dirigir à casa de onde eram conduzidos os trabalhos, o mestre postou-se com seus alunos debaixo de um enorme carvalho.

Duas horas depois, às 10h, eles foram chamados para assinar um documento.

— Documento? Que documento?

— Carteira?

Se nenhum deles ainda havia feito a prova...

— Aqui é diferente? A carteira de motorista é assinada antes da prova?

— Se alguém por um acaso não passar, o documento vai ser rasgado?

— Certamente!

A tarde foi passando e, junto com ela, foi crescendo a apreensão no peito de Pedro Caetano. O zum-zum correu célere entre os 32 homens até chegar ao mestre:

— Não vai dar tempo! São tantos homens, e o exame é longo, requer calma e serenidade!

Não foi preciso pensar duas vezes. De repente, dois fiscais perguntaram pela pessoa que havia preparado os homens para o exame. Ozório, com um gesto de cabeça, indicou o mestre, que recebeu uma ordem seca para entrar na boleia do caminhão, em cuja direita se instalou um dos fiscais. O outro subiu com os candidatos na carroceria, de onde conversava com todos e dava inúmeras ordens ao companheiro, que as passava a Pedro Caetano. O mestre, por sua vez, as cumpria rigorosamente, até que todas as manobras foram efetuadas e todo o trajeto do exame percorrido.

— Deve ser uma amostra da prova! Pra ajudar... – comentaram os que não passaram na seleção de Pedro Caetano.

Subitamente, os fiscais deram ordem de parada, mandaram que os homens se dirigissem à Praça de Exames e formassem uma fila debaixo do grande carvalho. Todos continuaram não entendendo nada e, calados, obedeceram às ordens. Pedro Caetano abriu a boca, mas dela não saiu palavra. Finalmente, uma voz foi ouvida:

— O senhor está de parabéns. Seus homens foram muito bem preparados e merecem receber as carteiras, disse o fiscal que ficara com Pedro Caetano na boleia do caminhão.

E foi o que realmente aconteceu. Até com aqueles que ajudaram Ozório a organizar a viagem. O mestre silencioso estava, silencioso ficou. A algazarra ficou por conta dos novos motoristas, que puderam, enfim, já na pensão, beber da pinga trazida na bagagem. Com o coração apertado, Pedro Caetano subiu a escada que levava ao segundo andar. Subitamente, no escuro do quarto, lembrou-se dela... E a lembrança de Alzira apaziguou seu coração.

No outro dia, viagem adiantada. O Sol desaparecera; no poente, grandes aglomerados de nuvens cinzentas cobriam o horizonte quando, já bem longe e não se via mais Itamaraju, parado o caminhão, Ozório – apenas Ozório – tomou conhecimento da séria decisão de Pedro Caetano. O ajudante não disse nada, pois, depois do pseudo-exame, já pressentira que o final seria assim e deu inteira razão ao mestre.

E Alegria e redondezas sofreram uma enorme perda.

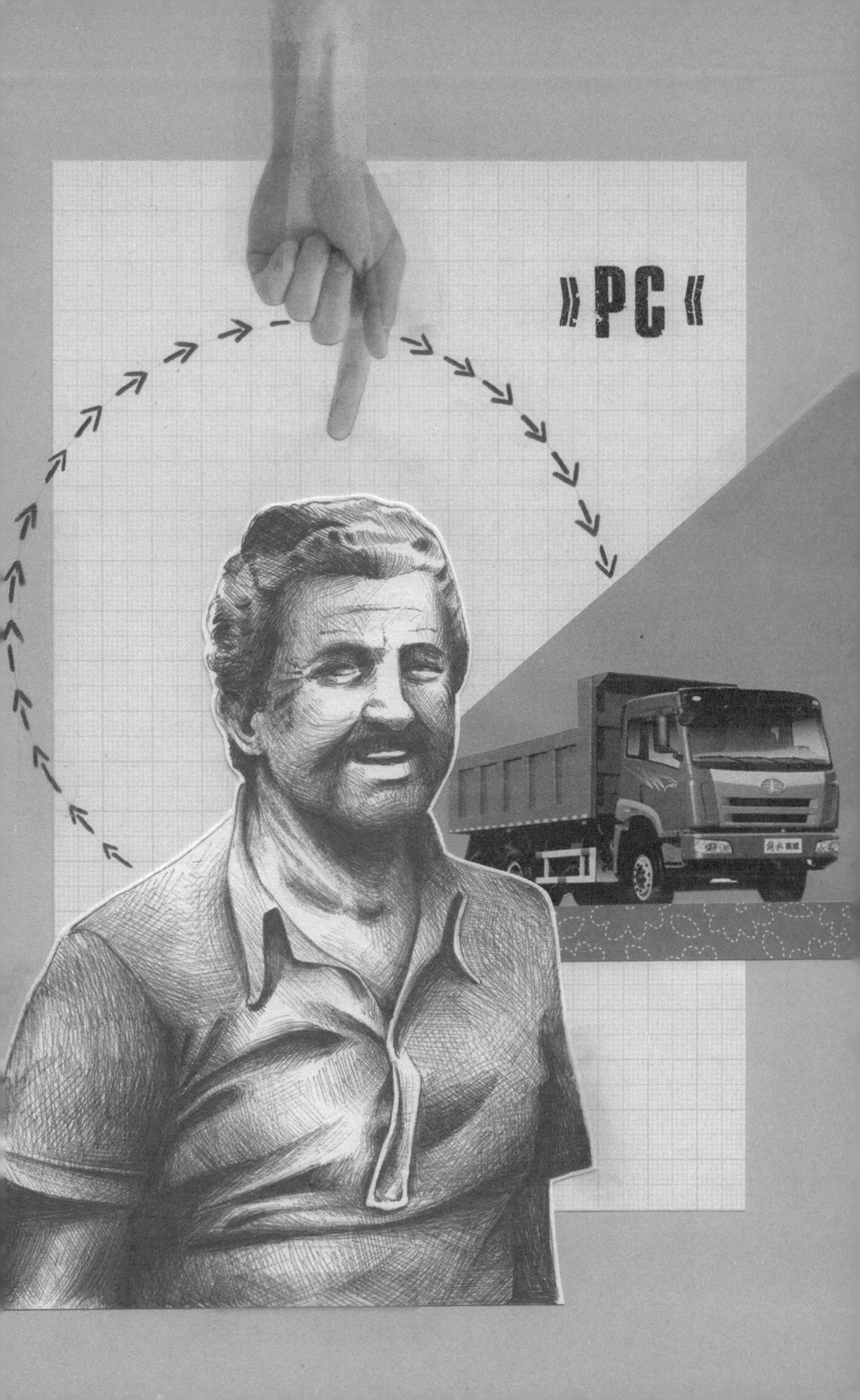
»PC«

VALE. PARA SEMPRE

Frans de Lourenço

Depois de quase dez horas de viagem, chego a Itamarandiba. Sou a última pessoa a descer do ônibus, e o único táxi que está na rodoviária parte, levando um passageiro e a promessa do taxista de que voltaria rapidinho para me pegar. Sentada num banco, esfregando as mãos para esquentá-las, espero confiante por ele. O inverno nem bem chegou, e o frio cortante já mostra sua cara, dizendo para o meu corpo que meus agasalhos pouco adiantam nesta primeira noite de um mês de julho, que intuo, inesquecível.

Minutos depois, já dentro do táxi que vai parando no escuro da madrugada – tímida é a luz dos postes –, diviso um homem todo encapotado sentado numa cadeira, no passeio do hotel, à minha espera. Troca umas poucas palavras com o motorista, pega a minha bagagem, e subimos as escadas até a recepção. O recepcionista, com cara de sono, me dá boa-noite, me faz assinar uns papéis, pega a chave do quarto, onde viverei uma semana, e me acompanha pelos compridos e penumbrosos corredores. Quase cinco da manhã, e eu entro no meu quarto, simples e aconchegante. O Sol não tarda! Deitada na minha nova cama, rapidamente adormeço, para logo acordar e receber o claro e gelado domingo. Doendo desde o início da viagem, minha cabeça vai desbancando a química dos remédios tomados. Mas mesmo assim me levanto, vou à janela e afasto a persiana para ver a cidade que me acolhe. Lá embaixo, a praça, com seu mercado, já começa a fervilhar com os que iniciam a sua luta bem cedinho, independentemente do dia da semana. Vem-me aos ouvidos a voz do Milton cantando *No caminho dessa cidade as mulheres são morenas e os homens serão felizes como se fossem meninos...* Meus olhos procuram pela paisagem do Vale, e se me exibem, grandiosas, as montanhas que circundam a cidade, me circundando também. Nesse exato momento, me sinto sozinha, muito longe dos meus, da minha casa e extremamente fragilizada pela indomável enxaqueca que me atormenta e não me vence.

Vou ao refeitório tomar somente um gole de café e, na volta, passo pela recepção, na expectativa de conhecer a secretária da faculdade na qual lecionarei por uma semana, o dia inteiro. Ela havia saído do hotel antes de mim, e então eu me proponho sair também. Vou andando pelas ruas tortuosas e frias, sem rumo, somente para tomar conhecimento do lugar em que estou. Sem saber, passo pela escola onde vou ministrar minhas aulas; fica ao lado da igreja que, entoando seus cânticos, me convida para entrar e rezar. A missa já está acabando, e assim me acomodo no penúltimo banco, sob os olhares curiosos e dispersos dos que lá se encontram. Um cachorro que, insistentemente, me acompanha como se eu fosse sua dona, se deita aos meus pés, também sob os olhares dos seus iguais que ali entraram, sem saber o que seja fé. Minha cabeça continua latejante e meu estômago desejoso de expulsar qualquer coisa que o incomoda.

Novamente no hotel, me encontro com a simpática secretária. Trocamos algumas informações sobre os procedimentos a serem tomados no dia seguinte, o primeiro das minhas aulas. Tudo acertado, ela me conta que fomos convidadas para almoçar na casa de uma futura aluna minha, pessoa muito gentil.

Na casa, onde já nos esperavam ouvindo música sertaneja, ao chegar, todos vêm em minha direção, me cumprimentando alegres, sorridentes, querendo saber sobre mim, como é a minha vida na Capital. Quando lhes falo da dor de cabeça que me incomoda há quase quinze horas, ficam extremamente preocupados e logo me trazem um copo cheiinho de chá de boldo. Resisto em tomar. É muito amargo! A moça que há de ser a minha aluna me ordena: "Tome a metade, agora!" Com muito custo, acato e bebo aquela medida imposta. "Daqui a meia hora, você vai tomar a outra metade. Tô de olho no relógio!" É outra ordem que, no momento exato, cumpro sem pestanejar. O chá me faz bem. Almoço com muito gosto e fome – eu jejuava, devido à enxaqueca – a saborosa comida feita no fogão a lenha; como carne de frango caipira e de porco cevado no próprio quintal da casa; delicio-me com os licores feitos pela anfitriã e com as frutas maduras, colhidas ainda há pouco. Converso uma conversa agradável com os que ali estão como se fossem pessoas conhecidas de longa data, e meu coração se enche de grande ternura. A recepção sincera, mineiramente acolhedora, me deixa bem com meu corpo, com minha alma e, de antemão, já saudosa daqueles que, com muito carinho, fariam parte da minha vida por uma semana e que hoje fazem parte da minha memória. Valeu, pessoal! E vale. Para sempre Itamarandiba.

A FESTA DO DIVINO

Gilda Gomes

Julho! Prenúncio de festas. Tempo de novenas, de rezar terços e ladainhas. Tempo de adoração, tempo que o vento foi levando e dispersando pelo ar muitos dos nossos costumes e tradições.

Julho! Tempo da Festa do Divino Espírito Santo em Turmalina, que é, sem dúvida, uma das manifestações de devoção mais relevantes da nossa terra, pois desempenha um papel importante na formação da nossa identidade cultural. A Festa retrata um jeito próprio de professar a fé, de viver e sentir o mundo, em que todas as distâncias são transponíveis, as dádivas recíprocas, os encontros e reencontros possíveis.

Toda a comunidade local se envolve, desde a preparação até a culminância da Festa. Diferentes formas de expressar a arte, a tradição e a cultura se entrelaçam nos festejos que traduzem a alma do povo desta terra. Com a Festa, os turmalinenses se reconhecem e refazem num ciclo permanente sua identidade e sua história.

As novenas, os pousos, o giro do Divino, as barraquinhas, os leilões, a alvorada, o levantamento do mastro e a queima de fogos, a banda de música, o toque da caixinha nas madrugadas, o repicar dos sinos, as missas, a comida na "Casa da Festa", o churrasco e o doce na praça, os Marujeiros, os Tamborzeiros, os Caboclinhos, as Baianas, a Dança de Fitas, o

Reinado... Enfim, todos os festejos dialogam com o passado e com o presente, revelam a religiosidade que permeia a sociabilidade local e expressam, pela participação das pessoas mais velhas e das novas gerações, os valores culturais essenciais aos turmalinenses.

Quando chega o mês de julho, a cidade imprime em si e exprime, em cada canto e em cada olhar, a fé no Divino Espírito Santo. Ele, nas suas mais diferentes formas – pomba, óleo, água, fogo e vento – anuncia a vinda de um novo tempo pela propagação de seus sete dons: Fortaleza, Sabedoria, Ciência, Conselho, Entendimento, Piedade e Temor a Deus.

O hoje é tempo de rememorar, de nos reportar ao passado, quando chega ao Brasil, com o povo português, a tradição do culto à celebração da Festa do Divino, na comemoração de Pentecostes, a vinda do Espírito Santo até os apóstolos de Cristo através das línguas de fogo.

Devem povoar o espaço infinito pedaços coloridos da infância de muitos que viveram os mistérios e os encantos das festas de outrora: o Império, os potes de doce, o mastro com a Maria Catirina e o Pai Paulo, o giro do Divino e os Pousos, quando a preparação da casa e do espírito nos propunha comungar da mesma fé, paz e do amor emanados pelo poder do Divino Espírito Santo.

Revisitando arquivos e memórias, acordamos pessoas, cenas e histórias que nos encantam e que compõem as nossas tradições, o nosso passado e as transformações vividas pela sociedade, pela Igreja e, consequentemente, pela Festa do Divino.

No registro sobre a Festa, datado de três de julho de 1922, consta a despesa de 14.000 (quatorze mil réis) como multa, porém, não informa os nomes dos festeiros. O mesmo ocorre com a Festa celebrada no ano de 1926. Em 1958, Dom José Maria Pires, incomodado com a "Adoração da Coroa", sugere acabar com esse ritual que compunha, até então, os festejos do Divino.

Em 1961, toma posse o Padre José Maria Moreira, que, preocupado com a precária situação financeira da Igreja Matriz, propõe acabar com os abusos em relação aos gastos com as Festas do Divino que, desde 1831, eram organizadas pelos Irmãos do Santíssimo. Assim, em 29 de junho de 1961, fugindo à liturgia e atendendo ao costume do povo, a Festa é celebrada, e a renda da mesma é destinada à Irmandade do Santíssimo.

O tempo gira e com ele a Bandeira do Divino, recebida na simplicidade das casas humildes, onde as rezas e a mistura de sons professados em nome da fé fazem circular as graças do Espírito Santo, que se multiplicam, movendo-se pelo campo e pela cidade, agregando vizinhos, parentes e gente de outras paragens, por meio da oração, do louvor, da devoção e da alegria. No seu giro, o tempo traz novas mudanças e, em 1968, a Festa passa a ser organizada por casais interessados, por meio de sorteio.

No ano de 1969, a Festa é realizada sem a famosa distribuição dos doces, porém, isso não arrefece os ânimos do povo que, em 1970, pode reviver e compartilhar a alegria dos doces servidos em pratinhos de barro e vivenciar uma novidade: o "Leilão de Bezerros", que, com o passar dos anos, se transformou num grande evento. Em 1971, a Festa até então celebrada em junho passa a acontecer no 3º domingo do mês de julho, atendendo aos constantes pedidos dos estudantes que moram fora e à gravidez inesperada da festeira.

O dia do "Turmalinense Ausente", que ainda é comemorado nos dias de hoje, torna-se o grande diferencial da Festa do ano de 1973.

A partir dos anos 80, Padre Silvano, pároco que se destaca pelo seu trabalho social, mostra ao nosso povo um jeito novo de evangelizar e define novas regras para a realização da Festa do Divino. Os Imperadores e Reis, por exemplo, não coordenam mais as Festas, são apenas seus representantes. Há, nesse período, uma participação maior das comunidades centrais: Cruzeiro Azul e São Judas Tadeu. As celebrações têm seu foco nas questões de cunho social, uma vez que, para Padre Silvano, os pobres é que deveriam mandar na Igreja, não tendo nenhuma importância o dinheiro e o poder. No ano de 1998, os festeiros mais uma vez inovam. Incorporam aos festejos a "Caminhada do Divino" que atualmente acontece com o nome de "Caminhada da Paz". Também realizam, nos meses que antecedem a Festa, cursos, palestras, com temas nas áreas da Saúde e da Educação.

O hoje se faz para colhermos do tempo um pedaço da vida que no tempo se derramou. Os nossos corações se rendem à magia melancólica do som da Caixinha do Divino, ultimamente tocada pelo Ildeu do Zé da Viana e, hoje, pelo Zé do Zé Bento a ressoar pelas ruas, nas madrugadas quietas e frias. Ainda há acordes de sanfona, viola e pandeiro pendurados nos varais do tempo, em que o Pouso do Divino continua a ser não mais que uma alegria, feita de fé, rezas e cantoria.

Os nossos olhos ainda conseguem ver o terreiro, onde ora se secavam o café e o feijão, tornar-se palco de danças como "Os Nove" e o "Vilão", acompanhadas de vozes que entoam melodias e versos, numa linguagem muitas vezes embolada, mas sentida e forte como é a vida do nosso povo. Os nossos ouvidos ainda podem escutar os ecos do último terço rezado nas casas dos festeiros e a voz de Sebastião da Trindade a gritar os leilões.

Em cada tempo, a Festa do Divino nos traz algo novo e especial: desde aquela realizada a pedido de uma "alma do outro mundo", 1958, à que foi feita pela alegria e pelo compromisso cristão de um grupo de jovens, ELOS-1992. O importante é que, em qualquer tempo, podemos sentir o mesmo encanto e a presença misteriosa da vida nos rituais que compõem nossas tradições e entrelaçam o passado ao presente.

Quando chega o mês de julho, o alto-falante da Igreja Matriz anuncia o tempo da Festa: "Os devotos do Divino vão abrir sua morada..." A música invade a praça, as casas, a cidade e soa como esperanças renovadas, como uma espécie de promessa, de bênção, de dádiva, de cerimônias tão nossas!

O tempo de hoje nos propõe abrir os nossos corações e deixar fluir em nós a paz e o amor, emanados pelo poder do Divino Espírito Santo. Tempo de celebrar, de louvar, de adorar, de dar, de receber, de pedir, de agradecer, de oferecer braços e abraços, de encher de júbilo corpo, alma e espírito. Tempo marcado pela partilha entre os homens e entre a terra e o céu. Tempo de revolver o passado dando graças ao presente. Tempo de recompor a história da Festa do Divino Espírito Santo guardada no fundo da alma do povo turmalinense.

A PROFESSORA LEIGA QUE CONHECI DE PERTO

João Valdir Alves de Souza

Certa vez ouvi alguém dizer que grandes mestres são aqueles que elevam seus discípulos acima de si mesmos.

Essa ideia sempre me vem à mente quando me lembro da minha primeira professora. Seu nome é Ana Maria Alves de Oliveira, recentemente aposentada depois de quase trinta anos de bons serviços prestados ao Serviço Municipal de Educação da Prefeitura de Turmalina. Sempre trabalhou na zona rural, principalmente na Comunidade de Engenho, onde vive com o marido e alguns dos muitos filhos que tiveram.

Essa lembrança não traz nada de romântico, como aquela imagem rememorada numa saudosa canção que fala da "professorinha que me ensinou o bê-á-bá". Pelo contrário, é uma lembrança que traz à mente a imagem de uma infância dura, em que o mundo do trabalho (*tripalium*, *tripaliare*, tortura, sofrimento) se antecipa ao mundo da escola (*scholé*, *schola*, ócio dedicado ao estudo, ocupação literária). É uma lembrança que não possibilita muito distanciamento entre a condição de ser professora e ser aluno, posto que todos viviam no mesmo meio, partilhavam os mesmos valores e bens culturais, enfrentavam os mesmos tortuosos caminhos da escola e não mais que dois ou três anos de escolarização separavam a professora dos seus alunos de primeiras letras.

Tratava-se, como ainda hoje se trata, de uma professora leiga.

Leigo (*laicu*) diz-se daquele que não é clérigo (*klerikós*, *clericu*, eclesiástico), dizem vários dicionários. Isto é, leigos são todos aqueles que não receberam da Instituição as credenciais para o exercício do Ministério, ops!, Magistério. É um termo, portanto, ligado ao campo religioso que, por extensão, como tantos outros, migraram dele para o discurso pedagógico, a exemplo do Magistério, encarado ainda hoje, por muitos professores, como Sacerdócio, Sagrada Missão Pedagógica, exercício da fé submetido ao da razão.

Leigo, no discurso religioso, é aquele que está abaixo do clérigo e a ele está, ou deveria estar, submetido. No catolicismo há uma forte hierarquia que institui e delega apenas ao clérigo o papel de mediador sacramental. Fora dessa condição a Instituição vem abaixo. Esse é um raciocínio que, também por extensão, saiu do campo religioso para compor o campo pedagógico. Aqui, leigo é o professor que não tem a credencial do Ministério da Educação para o exercício da docência. O mesmo discurso filosófico da modernidade que ousou valorizar a razão e subtrair a cultura do domínio religioso, por meio do fortalecimento da escola laica, não teve como fugir à herança eclesiástica. Como escreveu o professor Miguel Arroyo, esse imbricamento é tão intenso que do mesmo modo que se acredita que fora da Igreja não há salvação, acredita-se também que fora da escola não há solução. Nesse caso, da mesma maneira que a consolidação do catolicismo romano em terras brasileiras passou pela submissão dos leigos aos mediadores sacramentais do Vaticano, tem-se acreditado que a superação das nossas misérias pedagógicas passe pela transformação de professores leigos em clérigos.

Isso em nada diminui o valor das políticas voltadas para a qualificação de professores e das expectativas de torná-los, todos, os mais escolarizados dentre todos os profissionais, inclusive porque, sendo bem escolarizado, eu próprio vejo o acesso e a permanência à escola como um direito inalienável do cidadão. Porém, ao relembrar minhas experiências iniciais de escolarização, com uma professora leiga, em mais que precárias condições de trabalho, o que pretendo mostrar aqui, é que, para além dos missionários e dos fabricadores de fornadas de diplomados, o trabalho pedagógico requer uma sensibilidade, um compromisso ético e um senso de dever que ultrapassa tanto o discurso da salvação quanto o mais sofisticado debate que associa escolarização à modernidade. Essa é uma questão delicada, que corre o risco de cair no terreno pantanoso dos debates sobre formação de professores e o lugar da escola no mundo moderno. Não estou fazendo apologia ao professor leigo. Apenas estou afirmando que, para o bom exercício do magistério, uma boa formação acadêmica, apesar de necessária, não é suficiente.

É claro que estou falando de uma pessoa singular, ainda que Ana Maria não seja a única excelente professora leiga que conheci. Para muitos, é inacreditável que alguém possa exercer bem o magistério com apenas quatro anos de escolarização. Porém, o que a tornou a professora que ainda hoje admiro não foram seus anos de escola como aluna, mas seus anos de escola como professora. Guardadas as devidas proporções em relação ao tempo e ao lugar em que atuava, pode-se dizer que ela era moderna sem nunca ter ouvido falar em modernidade; era construtivista sem nunca ter estudado o construtivismo; era sábia sem nunca ter lido um filósofo. Que retruquem dizendo que professores desse tipo são raros, que o mundo contemporâneo deixa lugar cada vez menor ao autodidatismo, que a modernidade, ou pós-modernidade, exige alto grau de qualificação dos profissionais da educação etc. Mas é preciso dizer sempre que professores que fazem a diferença não necessariamente saem de longas experiências de formação profissional. Dizer isso é tão mais necessário quanto mais aumentam as demandas pelos cursos de licenciatura.

O que fazia essa professora para merecer lugar tão especial na memória de tantos dos seus ex-alunos, eu inclusive? Imaginem o seguinte cenário, ainda tão corriqueiro em tantos lugares deste vasto país.

Início dos anos 1970, zona rural do município de Turmalina, Vale do Jequitinhonha. Professora e alunos andam diariamente 12 quilômetros por indescritíveis estradas nas idas e vindas à "escola", uma sala que não ultrapassa as dimensões de 5 x 4 m, dividida por uns 30 alunos que levam o próprio banco em que sentam. As "mesas", apoio necessário para escrever, podem ser as próprias pernas ou as costas do vizinho da frente. Esses alunos estão divididos em três ou quatro níveis diferentes: os do 2º e 3º ano, veteranos, idades variáveis entre 10 e 16 anos, amadurecidos o suficiente para que a professora tenha alguns como auxiliares e outros para azucrinar a vida dos novatos; os do 1º ano adiantado, idade também bastante variável, já iniciados nas letras e aprendizes de carrasco, sobretudo os homens, nos rituais de afirmação da masculinidade; e os novatos (termo nobre para se referir aos "calouros", termo desconhecido), aos quais os veteranos irremediavelmente se referiam como "1º de borra", um termo chulo e depreciativo que a professora se esforçava, sem muito sucesso, para retirar do vocabulário dos provocadores.

Não há espaço aqui para fazer uma "geografia" dessa sala de aula. Mas não é possível deixar de lembrar a habilidade da professora ao lidar com essa diversidade de tipos, de interesses, de comportamentos. Enganam-se aqueles que construíram uma visão romântica da vida pacata do interior, cujas relações sociais se assentariam na vida tranquila das pracinhas das pequenas cidades e no caipirismo do homem da roça. É indiscutível o estado endemicamente beligerante que caracteriza algumas regiões. Além de alguns casos de confronto direto pela posse da terra e controle das estruturas de poder político, são muito comuns os desentendimentos entre vizinhos por causa de cercas, animais, fofocas, lavouras, dívidas, manifestação de valentia etc. Como diz matreiramente Carlos Drummond de Andrade, com seu jeito bem mineiro: "Ah, no interior se briga muito. Até mesmo no meu Estado, símbolo de ordem e moderação, terra de bois pacíficos e de políticos suaves e bem-comportados... Há uma força acumulada querendo expandir-se, uma energia que sobrou do tempo da luta com os emboabas, não sei..." Tudo isso se manifesta na sala de aula e suas imediações, o que exige da professora um conjunto de habilidades que nenhuma academia possibilita alcançar.

Ministrar os conteúdos, então, era uma tarefa heroica. O pequeno quadro-negro era dividido em três ou quatro partes, cada uma delas destinada a um grupo. Não é possível resumir em poucas frases todo o amplo debate sobre turmas multisseriadas, mas imagine o leitor-professor desavisado o que significa tentar ser quatro professores de todos os conteúdos ao mesmo tempo para uma diversidade tão grande de públicos. Devo admitir que, com toda a minha formação acadêmica, com graduação, mestrado e doutorado em educação, não me sentiria à vontade numa turma dessas. Não podemos nos esquecer que uma coisa é ir a uma escola e fazer uma palestra para os alunos de séries diferentes num mesmo ambiente. Coisa muito diferente é ter esses alunos como seu público durante todo um ano letivo.

Entre outros, são esses os motivos que fazem lembrar-me da minha primeira professora com fascínio e admiração. Ela não foi uma "professorinha que me ensinou o bê-á-bá". Ela continuou sendo, por mais de vinte anos, uma referência inclusive para professores que assumiam a docência sustentados por um diploma de normalista. Trinta anos depois de ter sido seu aluno, ela continua me ensinando. Por ocasião do Dia dos Professores, presto sempre minha homenagem a todos os que me permitiram desenvolver várias habilidades, entre elas, a de escrever este texto. Mas uma homenagem especial vai para Ana Maria, que assim como me fez companhia por tortuosos caminhos rumo às escolas rurais que frequentei no Jequitinhonha, continua me dando lições nos não menos tortuosos caminhos da vida.

COLCHA DE RETALHOS

João Valdir Alves de Souza

Em 2003, participei de uma atividade no *Projeto Veredas* intitulada "Colcha de Retalhos". O *Veredas* foi um projeto de formação de professores em serviço, na modalidade a distância, sendo que, a cada módulo, o grupo tinha atividades coletivas durante uma semana. Nessa ocasião, as próprias cursistas foram convidadas a assumir a direção de algumas atividades, e um grupo achou por bem oferecer uma oficina com o sugestivo título "Baú de Lembranças".

A atividade, relativamente simples, revelou-se bastante apropriada a manifestações memorialísticas, muitas delas cercadas de dramas pessoais que emocionaram os participantes. Consistia em criar ambiente favorável para que as pessoas que ali estavam partilhassem com as demais alguns aspectos da sua própria trajetória. Com uma pequena colcha de retalhos previamente montada, cada participante era convidado a acrescentar nela mais um retalho. Enquanto contava sua história, cada personagem ia se exercitando com agulha e linha e, mesmo que cada retalho não ficasse bem assentado na colcha, o resultado servia como metáfora da vida em sociedade, mostrando que mais importante que finalizar a colcha ou colocar nela o melhor dos retalhos era ter participado da sua confecção.

O ambiente foi previamente muito bem preparado, com cadeiras em círculo na sala, que reproduzia uma pequena oficina de costura, várias fotos nas paredes, uma antiga máquina de costura manual, a própria colcha e um balaio de retalhos ao centro, vários tubos de linha e agulhas e um grande baú de madeira carregado de objetos do cotidiano de uma casa simples. A atividade foi iniciada com a leitura de um texto de mesmo título que conta a história de um garoto que vai passear na casa da avó e se emociona ao ouvi-la narrar suas lembranças enquanto costura uma colcha de retalhos. A partir daí, cada um dos presentes foi convidado a partilhar com os demais as suas lembranças, ou, pelo menos, alguns retalhos delas. Olhando para aquela máquina manual de costura e para o baú um turbilhão de lembranças tomou de assalto a minha mente e, mesmo com dificuldade para selecionar algumas delas cujo relato coubesse no tempo disponível, arrisquei partilhar com o grupo um pouco da minha intimidade.

Lembrei-me da minha mãe, um poço de simplicidade e educadora exemplar. Sempre viveu na roça e nunca foi escolarizada. Foi e continua sendo guerreira ao lado do meu pai nas lutas cotidianas para educar os dez filhos que tiveram. Assim como meu pai, com quem aprendi que "saber não ocupa lugar", com ela aprendi a fazer todas as tarefas domésticas porque, segundo suas palavras que ainda posso ouvir, "um dia você pode precisar". Lavar, passar, cozinhar, arrumar a casa sempre foram atividades que realizei por necessidade das circunstâncias, mas certamente se revelaram menos desgastantes em decorrência do seu aprendizado desde tenra infância.

Minha mãe também era uma costureira doméstica, ofício que realizava numa velha máquina de costura manual, como aquela que ornamentava o ambiente em que nos encontrávamos. Não sabia fazer calças, porque nunca acertava na colocação da braguilha. Mas camisas e calções não eram itens para relação de compras, as poucas que se faziam à época. À medida que fui crescendo, comecei a me incomodar com as camisas de dois botões que ela fazia e me lembro do sentimento de satisfação quando vesti a primeira camisa de três botões.

Calças, mesmo que fossem curtas, eram peças de vestuário para dias de festa, porque era preciso encomendar a uma tia. Calça comprida, então... Lembro-me muito bem da primeira que vesti. Era de brim escuro. E era Festa do Divino, a principal da cidade. Entrei nessas calças com o sentimento de rei e lá fui rua acima, para a missa, meio sem jeito, mas pisando alto e firme para não denunciar minha condição de principiante (príncipe) no uso da tão sonhada indumentária. A aventura do sapato parece-me ter demorado um pouco mais.

A casa de roça era extremante simples. Não havia guarda-roupas, apenas dois baús. Um deles, muito simples, em madeira de terceira categoria. O outro, entretanto, era uma peça memorável. Madeira maciça revestida em couro de boi com as iniciais de três nomes cravadas na tampa com tachas em alto-relevo. Ao que parece, era parte do pequeno dote que minha mãe levou por ocasião do casamento. Nesses baús guardavam-se roupas de festa, alguns documentos antigos bordados a bico de pena por meu bisavô paterno e alguns livros. Ah, sim, havia livros, apesar de tudo. Um deles era de interpretação de sonhos, consulta necessária quase todas as manhãs. Outro, era um livro de histórias, entre as quais me

lembro da do homem que fez uma sopa de pedras e de outra em que a mãe pegou, entre os vários filhos, o mentiroso que quebrou o palito em sua mão porque temeu que ele de fato crescesse conforme sentenciou a inquirição.

Esses livros foram comprados por meu pai em suas andanças por São Paulo, enquanto tentava "ganhar a vida". Além dos livros, ele construiu um amplo repertório de histórias que nos contava à noite, mesmo estando moído pelo cansaço das duras jornadas de trabalho na roça. Era um ambiente de simplicidade rústica e encantamento, em que as histórias ouvidas à luz de candeeiro ou lamparina sempre terminavam com a vitória do mais fraco, do bobo da corte e dos azarões, histórias em que velhinhos e velhinhas aparecem como salvadores, os idiotas se casam com as princesas, os pobres se apossam das riquezas. Havia sempre uma "moral da história" que ele aplicava a elementos locais, e quando a festa terminava em doce, ele sempre apontava algum careca conhecido para culpar pelo fato de nós não termos tido a chance de saboreá-lo ainda quentinho.

A essa altura, a colcha pedia um outro retalho. Dei um salto no tempo e invoquei a lembrança de um outro momento vivido muito tempo depois, já em Belo Horizonte. Em 1983, depois de muitas dúvidas, rumei para a capital em busca de um diploma de curso superior. Curiosamente, até encerrar meu curso, em 1990, eu ainda fazia planos de voltar para Turmalina, onde desempenharia minha profissão de professor, que decidi abraçar na época do estágio do magistério. Mas o processo de escolarização, entretanto, é uma outra história.

Em Belo Horizonte foram dois anos de tortura até entrar na universidade. São situações que talvez fosse melhor enterrar num canto remoto da memória e nunca mais ressuscitar. Mas é inevitável relembrá-las, inclusive porque muitas delas se ligam a outras que a gente acha por bem rememorar. Por exemplo, meu fascínio por uma pasta de mão, dessas que estudantes usam para carregar seus materiais escolares. Eu tinha sobressaltos quando via pela rua alguém com pose de universitário. Aquela pasta lustrosa era o meu supremo objeto do desejo.

Foi muito difícil entrar para a universidade. Quando passei no vestibular, senti provavelmente a maior emoção da minha vida. Nem quando passei nos respectivos concursos ou quando defendi minha dissertação de mestrado e tese de doutorado, nem mesmo quando passei no dificílimo concurso para professor na UFMG senti emoção semelhante. Nesses últimos casos, eu tinha mais clareza das medidas das minhas forças. Sabia que dificilmente seria barrado em algum deles. No vestibular, não. Eu fiz tudo contra todas as probabilidades. No primeiro dia de aula, no quarto andar da FAFICH do Santo Antônio, tive vertigem. Havia uma estranha sensação de que ali não era o meu lugar. Seis meses depois, eu ainda não tinha me dado conta da minha façanha.

Uma vez na universidade, percebi que poderia realizar o meu sonho de ter a pasta de mão. Entretanto, no meu curso não havia delas. Juntei heroicamente uns parcos trocados e fui até a Escola de Engenharia. Quando voltei pra rua eu não sabia como carregar aquilo! Subi a Rua da Bahia meio sem jeito, o braço ligeiramente afastado do corpo pra pasta não roçar a perna, o corpo pendendo para um lado e outro em busca de equilíbrio. Eu me senti sobre a cidade inteira. Fui à desforra com a pasta de universitário na mão, desfilando para mim mesmo, mas era como se o mundo inteiro soubesse do meu estado de graça.

Depois me dei conta de que não ficava muito bem um estudante de Ciências Sociais transitar pelas ruas e corredores da FAFICH com uma pasta que não era do seu curso. Foi quando um amigo meu, que trabalhava com serigrafia, arrumou a solução. Retirou cuidadosamente a inscrição da Engenharia e grafou em letras garrafais: SOCIOLOGIA. Pouco tempo depois, um grande publicitário brasileiro ganhou fama com uma propaganda em que uma garota desfilava tímida e encabulada, enquanto o desfecho evocava a memória do primeiro sutiã. Guardadas as devidas proporções, e se me é permitida uma apropriação daquelas palavras, posso dizer, com propriedade, que a primeira camisa de três botões, a primeira calça comprida e a primeira pasta de mão a gente nunca esquece.

Hoje tenho um amplo guarda-roupa cheio de camisas de vários botões e muitas calças compridas. Tenho também duas lindas pastas de mão numa das quais carrego todo tipo de papelada do meu cotidiano profissional e, na outra, um sofisticado e potente computador. Tenho também muitas calças curtas (mais conhecidas como bermudas) e alguns calções (mais conhecidos como shorts) dos quais não abro mão nos meus momentos mais informais. Para muitas pessoas, aumentar o número de botões em camisas ou ampliar o tamanho das pernas das calças parece a coisa mais trivial do mundo. Para mim, entretanto, tudo isso é, na realidade, um amplo processo histórico, carregado de significados e implicações para a minha vida pessoal e profissional. Dizer isso para os meus leitores e para os meus alunos é uma das minhas várias maneiras de colocar mais um retalho na colcha.

FOGO NO CRISTO

João Valdir Alves de Souza

Na segunda metade dos anos 1980, o grupo de teatro Ressurreição fez muito sucesso em Turmalina. Formado, em sua maior parte, por jovens idealistas, movidos mais pelo entusiasmo do que por qualquer formação específica – alguns eram estudantes, outros já haviam abandonado a escola fazia tempo, ninguém sabia o que era um curso de artes cênicas –, o grupo de amadores não fazia feio quando se punha a experimentar a vida de artista. Eu mesmo assisti a várias encenações do Ressurreição e posso assegurar que a turma se esforçava pra mostrar serviço.

Entretanto, não assisti à peça de estreia do grupo, que passo a relatar de acordo com o que me contaram. Parece ter acontecido em 1985, numa encenação da Paixão de Cristo. Naquela época, o Estádio Municipal Pedro Jacques Lopes Maciel (Didi), que nos dias de hoje verdeja mesmo em época de seca, era um grande "carecão" de terra batida. No entanto, um espaço apropriado àquela encenação, porque enquanto o público se esparramava comovido no espaço das quatro linhas, numa interessante inversão de foco, todos ficavam atentos ao que acontecia no alto do barranco onde, em outras ocasiões, torcedores celebravam as vitórias ou amargavam as derrotas do seu time. No dia da estreia do Ressurreição, o Cristo de Turmalina quase subiu aos céus.

Era um Cristo diferente de quase todos os outros: negro, franzino, cabelos encaracoladinhos que não iam a mais de três centímetros do couro cabeludo. Em tempos de Teologia da Libertação não apenas ficava muito bem introduzir elemento novo na milenar celebração da morte de Cristo, como melhor ainda era atribuir a esse Cristo as feições do lugar. Tudo foi preparado com muito gosto e apuro: a sonorização, o calvário, os figurantes. E tudo teria saído de acordo com a encomenda se alguém não tivesse cometido um pequeno erro de cálculo.

Zé Piqui era o radialista do lugar. Amador no rádio, amador no teatro, amador em cenários. A ele coube a tarefa de colocar a pólvora que faria o grande efeito cênico quando o Cristo desse o último suspiro. Não se sabe se era seu propósito dar um susto no Cristo, se foi descuido na hora de medir o explosivo, ou, digamos, imperícia mesmo, em relação aos possíveis efeitos dum punhado a mais de pólvora. E foi isso mesmo o que aconteceu.

Na hora da encenação, após longa procissão que subiu do centro da cidade, o campo estava lotado. No alto do morro, os atores se esforçavam, e o público se emocionava. Os carrascos só não eram mais autênticos porque, em vez de cravos, como ainda é comum nas Filipinas, eles usavam cordas pra prender o corpo à cruz. Todos estavam num silêncio tumular quando o Cristo proclamou as últimas palavras: "Pai, em tuas mãos entrego meu espírito." Ao grito suplicante do Cristo, sucedeu-se a explosão.

Zé Piqui havia colocado pelo menos dez vezes mais pólvora do que o necessário.

A fumaça encobriu tudo ao redor. O fogo saltou pro papelão que fazia parte do cenário, chegando a ameaçar os longos mantos das beatas que choravam ao pé da cruz. E o Cristo se contorcia pra se livrar das cordas que o prendiam pelos pulsos e pelos pés. Depois de ter sido todo chamuscado, desvencilhou-se das cordas, saltou da cruz e desembestou-se atabalhoado no meio da multidão que, a essa altura, já tinha perdido toda a compostura que o solene momento exigia. Dez anos depois, Zé Piqui ainda era provocado para dar explicações dos motivos que o levaram a tocar fogo no Cristo.

PUER NATUS EST NOBIS HOC DIE

Leda Caporali de Oliveira

Sim! Hoje nasceu para nós um menino! Mas o que há de extraordinário nisso, se no mundo inteiro, em todos os lares, a todo instante, nascem crianças? Isso é verdade, mas algumas nascem em circunstâncias não convencionais. Haja vista o próprio Jesus Cristo, nascido em abrigo de animais, ou manjedoura, fato comemorado de maneira especialíssima, com grande regozijo, através dos tempos, e dividindo a história da humanidade em antes e depois.

Lá se foram dois jovens estudantes de medicina para uma cidade pequena do interior de Minas Gerais, na região longínqua chamada Vale do Jequitinhonha. Foram cumprir aquela disciplina curricular chamada Internato Rural. Coincidentemente, ou não, na cidadezinha morava o irmão mais velho de um deles. Hoje, a escolha da região onde cumprir o Internato Rural é feita por sorteio; àquela época, não lhes sei dizer. Convenhamos, representa uma grande vantagem ter-se um parente próximo onde se estuda ou se trabalha, pois apoio de familiares é fundamental neste mundo de adversidades: almoço farto aos domingos, um caldo quente à noite no inverno, aniversários, aquele empurrãozinho emergencial... Então os alunos se desdobravam nos estudos de sua juventude, com inteligência, saúde e desafio do aprendizado.

Certa manhã, chega ao alojamento de alunos um mensageiro. Ele tinha a fisionomia preocupada e dizia apressado: "Há uma dona passando muito mal, com dores na barriga, distante umas léguas daqui. Pediram para os senhores irem lá fazer o que puderem."

— Você tem transporte?, perguntou um deles.

— Tenho não, mas dá pra ir a pé, eu levo os senhores, a estrada está sendo reformada, vai ficar fácil. Coisas de gente do interior!

Ora, moços de Universidade não estão a fim de se embrenharem, a pé, mato adentro, sobretudo para visitar pacientes, atender pessoas passando mal. Então, aquele cujo irmão morava na cidade, lembrou-se de pedir o carro emprestado, o que representaria ganho de tempo. Levaram o material mínimo disponível: estetoscópio, aparelho de pressão, luvas, termômetro e medicamentos para minimizar a dor.

Chegando à casa da cliente... Examina daqui, ausculta dali, não sem antes fazerem a *anamnese*. Concluem tratar-se de grávida a termo, em trabalho adiantado de parto, feto provavelmente grande, dilatação mínima do colo uterino, contrações fortes de que a brava mulher não reclamava, mas se encolhia toda. Depois do exame cuidadoso, confabularam a um canto que o melhor seria colocá-la no carro e levá-la para a cidade, onde o hospital, mesmo modesto, lhes daria mais segurança. Explicaram-lhe seus motivos, ela não discordou. Levaram-na para o carro, antes deixando com o mensageiro recado para o marido da paciente: que fosse logo que pudesse para o hospital, na cidade, estar com a esposa.

Não foi fácil introduzir a paciente no carro, que ficara na estrada a cerca de duzentos metros. Mas o que não conseguem jovens determinados e inteligentes na faixa dos seus vinte anos? Assim, a bem dizer, carregando a paciente, venceram o caminho estreito, uma trilha com mato alto dos dois lados. Chegaram ao carro e tocaram para a cidade. O caso é que a estrada estava sendo pavimentada com cascalho ralado de leito de rio, e a compactação não havia sido terminada. A certa altura do caminho, as pedras cederam sobre a terra frouxa misturada com areia, o automóvel não conseguia seguir em frente, e, por fim, sem plano de sustentação, o veículo foi tombando para um lado, devagar, mas sempre, até virar completamente, ou seja, ficou de rodas para cima e o teto para baixo, sobre o mato à beira da estrada.

Bem que um dos bravos moços saiu do carro antes e tentou detê-lo, quase sendo atropelado, mas em vão. Ninguém se feriu, mas os jovens ficaram em extrema aflição, temendo pela paciente. A brava mulher, mais uma vez, mostrou sua fibra: "Machuquei não, Doutor, mas o senhor podia pegar ali a minha cestinha e aquela trouxa de pano, porque estou sentindo que a criança vai nascer aqui, agora!"

Os moços empalideceram, mas resolveram fazer um toque e ausculta e viram que a dilatação se completara. Se a bolsa se rompesse, seria inevitável, iminente o parto, mas o foco fetal estava bom. Mais uma vez confabularam e fizeram o inventário das avarias do carro: portas empenadas não abriam, um vidro lateral quebrado e outro trincado, rodas para cima. Enfim, estavam no mato e a Deus dará, e não aparecia um único ser humano que lhes prestasse socorro.

Então tiveram a ideia de abrir o capô, que, felizmente, não se emperrara, e dele fizeram o estrado, ou plano, para a mulher posicionar-se para o parto. Conseguiram, também, tirar o assento traseiro para ganhar espaço. Nisso, a bolsa de água rompeu-se e, naquela situação, deu-se o período expulsivo, a que eles, de coração aos saltos, com mãos enluvadas, trementes, deram assistência, lembrando-se das manobras úteis no período do desprendimento e da expulsão, aprendidas nas salas de parto, nos plantões e nas leituras de muitos livros.

Dali a minutos, emocionados, ouviram o choro forte do recém-nascido. Enrolaram-no na toalha limpa que a mãe trouxera na cesta; não era o primeiro parto dela, mas o segundo, e isso facilitava. Para cortar o cordão umbilical, mais uma vez tiveram que inovar. Ainda com as mãos trêmulas se perguntaram: "Cortar e ligar com quê?" E depois...

— A senhora tem na cesta alguma fita, alguma tesourinha?

— Doutor, veja na cestinha, tenho lá um sutiã novo, que comprei pra usar depois do parto; pode cortar as alças pra servir de barbante, estão limpos.

Para cortá-las, usaram um pedaço de vidro quebrado da janela do carro, previamente banhado em álcool, que a paciente havia trazido em um frasco dentro da cesta. Com o mesmo vidro cortaram o cordão umbilical, já ligado com as alças recém-obtidas. Vencida a etapa do desprendimento do recém-nascido, ligado e seccionado o cordão umbilical, restava a placenta. Respiraram profundamente, silenciosos. Recém-nascido embrulhadinho na toalha já nos braços da mãe, um deles foi fazendo, pacientemente, massagens no hipogástrio, e o outro, tracionando o cordão até que, finalmente, se desprendeu a placenta, para alívio geral.

Mas e agora, como sair dali? Um deles ficou no local, com a paciente. O outro foi para o alto da estrada em obras, na expectativa de cercar alguém que surgisse, para pedir ajuda. Demorou algum tempo, mas apareceu um jovem senhor, tentando equilibrar-se em uma bicicleta (o piso da estrada não ajudava). Relataram-lhe o ocorrido, ele ficou espantadíssimo e prontificou-se a retornar à cidade e trazer ajuda. Enquanto isso, mãe e filho quietinhos, provisoriamente instalados nas poltronas traseiras do automóvel que haviam sido retiradas. Parecia que tudo se acalmava . De fato, cerca de uma hora depois, chegaram várias pessoas, todos diligentes. Levaram a paciente, o filho e os estudantes para a cidade, sacolejando na estrada em obras.

Foi um rebuliço geral, mas ao mesmo tempo com muito regozijo, visto que mãe e filho – era um robusto menino – não tiveram problemas. Os jovens futuros doutores foram muito elogiados e levaram dias a refazer-se do susto. "Ora, ora, tudo acabou bem", diziam-lhes... O carro ficou no caminho, à beira da estrada e levou dias para ser retirado. Desnecessário dizer que ficou seriamente danificado. Quem não gostou nem um pouco do acontecido foi o proprietário do veículo. Indignado, solicitou à Prefeitura local que lhe providenciasse outro carro, inteiramente novo. O dele, emprestado aos estudantes, era um Escort XR3 do ano, pouco rodado. Alguém disse que a responsabilidade era da Faculdade de Medicina da UFMG, que havia enviado os moços para aquelas paragens. Outros responsabilizavam a Prefeitura do lugar.

Instada a cobrir o prejuízo, a Faculdade de Medicina respondeu que, em absoluto, ele não lhe dizia respeito. Ela ensinava os estudantes, é verdade, mas as acomodações e o transporte eram da alçada do município. Enfim, não se chegou a um acordo. Sumamente contrariado, o proprietário do veículo não fez por menos e moveu um duplo processo, um contra a Faculdade de Medicina, outro contra a Prefeitura, exigindo cobertura de danos morais e materiais.

O resultado dessa pendência, leitor, não sei lhe dizer, não consegui informes. À luz do bom senso, arrisco-me a afirmar que as responsabilidades seriam meio a meio, ou seja, cinquenta por cento da Faculdade e cinquenta por cento da Prefeitura Municipal. Quanto ao recém-nascido, a mãe agia decididamente! Deu-lhe o nome de Renato (o nome de um dos alunos), acrescido de França o sobrenome do outro) e Gonçalves (o sobrenome de seu marido e pai do menino): Renato França Gonçalves. Mãe e filho evoluíram saudavelmente. Por certo, meus diletos alunos, pelo resto de suas vidas, deverão se lembrar deles.

Convenhamos, foi um belo início de carreira!

PUER NATUS EST NOBIS HOC DIE

RIBEIRÕES

Marluce Antunes

Espano o pó do tempo e vejo lençóis brancos sobre moitas verdes, águas abundantes e límpidas entrecortando lapas e lavadeiras emolduradas, com lenços na cabeça, ensaboando roupas.

Naquele tempo, a roupa suja era lavada! Em casa não! Em ribeirões: o Ribeirão do Moinho, o do Poção e outros mais que, em parceria imposta no tempo da seca intensa, se revezavam na lavação de nossas roupas. Seus caminhos eram um sobe e desce sem fim e até um muro de pedra feito pelos escravos havia e nos fazia pensar em outros tempos. Menos propícios? Havia, também, um gigantesco Pau-d'Óleo com uma sombra gostosa e acolhedora, que nos abrigava – a criançada, as lavadeiras –, fazer uma parada era obrigatório.

Ao nascer do Sol, as lavadeiras seguiam rumo aos ribeirões com "rudias" feitas de trapos de pano, que amenizavam, na cabeça, o peso das bacias abarrotadas de trouxas de roupa. Sentadas em lapas, entre conversas e alegrias, nas águas ainda borbulhantes, a roupa suja era esfregada. O sabão preto – ainda se fazia sabão preto naquele tempo... – escorregava, e as risadas eram liberadas.

Mais tarde, hora de guardar a roupa? Não! Era a hora de estender a roupa ao sol, sobre a grama, para ela "corar". À medida que recebia canecas de água retiradas das poças mais próximas, o sujo desgrudava e se soltava, e a roupa clareava para, mais tarde, ser enxaguada.

O almoço chegava em marmitas levadas por crianças, geralmente filhas ou filhos daquelas que contratavam as lavadeiras para a importante e imprescindível tarefa. Era uma festa! Abandonando, muitas vezes, os talheres considerados dispensáveis, elas comiam fazendo "capitão": a comida era misturada, amassada e "enrolada" com a ponta dos dedos. E a sobremesa? Sempre um generoso pedaço de rapadura mais clara e macia.

Depois de bem enxaguadas as roupas, a Zefa Vacaria, a Luzia do Antão e tantas outras trabalhadoras que ajudavam a cuidar da nossa higiene, punham as peças de roupa para secar nas moitas e, mais à tardinha, dobravam e ajeitavam, com incrível uniformidade, dentro das bacias.

Com o Sol já baixando, de novo as "rudias", também lavadas e secas, eram colocadas na cabeça, sob as bacias de roupas agora limpinhas e cheirando angico, o "angiquin" que ainda existia "farturoso" naquele tempo. Isso dizem os mais velhos que ainda guardam, na memória, a importante trajetória de nossas lavadeiras e de nossos antigos ribeirões. E, quando o sino da Matriz anunciava a Hora do Ângelo, elas atravessavam a cidade levando, no corpo, o cansaço de mais um dia de trabalho, mas, também, a tranquilidade de trazer, além da roupa, a alma lavada!

MEMORIAL DO VALE

Nazaré Serra

A vida dá muitas voltas e, numa dessas voltas, fui parar em Itamarandiba. Madrugada fria, gelada, céu escuro, coração pesado.

O ônibus parara às 5 da manhã na rodoviária vazia e, mais que depressa, meti-me num táxi (o único que ali estava!) para levar-me ao hotel e descansar o corpo. Às 8 da manhã, deveria estar pronta para lecionar Língua Portuguesa – Memorial nas turmas de Pedagogia – lotadas de jovens, almejando o tão sonhado diploma de Curso Superior! Esperança do emprego melhor! Esperança da dignidade de vida!

Cheguei à escola meio zonza de sono, sem saber direito o que ensinar. Falar sobre Memorial para calouros recém-aprovados me parecia meio disparatado... E foi que foi!... Como nas estórias desse Jequitinhonha tão mágico... Vale coleante como o rio de mesmo nome e sonoro como a sílaba nasal e preguiçosa da palavra.

Ah! Saudade da preguiça dos calangos ariscos estendidos na calçada ao sol do meio-dia, quando era hora de saciar a fome com a deliciosa comida mineiríssima da cidade.

Mas valeu! Como todas as minhas outras passagens por esses caminhos perdidos nos rincões das Gerais! Especial essa turma de Pedagogia, pois, em vez de ensinar, dela me tornei aprendiz! E tanto aprendi... Da vida!... Da gente desse vale!

Romaria

É de sonho e de pó
O destino de um só
Feito eu perdido
Em pensamentos
Sobre o meu cavalo
É de laço e de nó
De jibeira o jiló
Dessa vida
Cumprida a sol

Sou caipira, Pirapora
Nossa Senhora de Aparecida
Ilumina a mina escura e funda
O trem da minha vida
Sou caipira, Pirapora
Nossa Senhora
Ilumina
O

– que vale tanto! – pela coragem, pela sensibilidade, pela persistência, pela força, pela hospitalidade!

Os textos – primeiros passos para o memorial – me revelaram tantas estórias! Estórias de mulheres, principalmente mulheres, fortes, trabalhadoras, ainda hoje submissas a seus maridos, mas sonhando com a liberdade! Mulheres apaixonadas, mães de toda idade, acostumadas a caminhar quilômetros morro acima, morro abaixo, para acampar nas escolas, ora como alunas, ora como professoras... Estórias de homens galanteadores, trabalhadores nos campos, corajosos e decididos a mudar de vida. Homens que sorriem quando chora a viola, sabendo que por esse mundo afora há vazios que nos fazem calar...

E estórias de quintais cheirando a frutas doces como mel!... perfumados por flores explodindo em cascatas nas serras e contrastando com a pobreza que estala nas casinhas de barro... Estórias... Ah! Estórias de tantos "causos". O causo do fantasma da Igreja! O causo do marimbondo! O causo da bicicleta! E de outros fantasmas que assombram, até hoje, o Vale... De rezadeiras, cantadores, violeiros e foliões... Como quisera eu presenciar a Folia do Divino!...

Ao final do curso, cada aluno fez o seu memorial. Com tanta seriedade... tanto capricho! Com verdadeiro amor, derramaram suas vidas em seus textos e – neles – se reconheceram, se identificaram... Como as tecelãs que também ali moram; teceram longos fios que se imbricaram noutros fios formando um enorme tecido de vida, de força. De resistência!

Um único memorial! Memorial de Minas – dessas minas que são muitas e se esparramam nas gerais... Para mim, uma emocionante estória única e una. Da qual faço parte... Orgulhosamente!

Estórias de encanto e desencanto! De chegadas e partidas... Como a minha, embalada ao som de *Romaria* na voz de Elis Regina numa sexta à noite de final de curso... Toda a turma cantando. E eu – de coração explodindo no peito – jamais vou esquecer estes versos de Marilena S. Carvalho Costa pela turma de Pedagogia:

> "Nazaré, mulher maravilhosa que Deus do Céu mandou pra nós... Fortaleça a nossa esperança e não nos deixe sós..."

O MASTRO

Neick Lopes

Cresci acostumada a ver, por ocasião da Festa do Divino, o mastro mais bonito e diferente de que se tem notícia pr'essas bandas: foguete de rabo subindo pra todo lado chiando e depois estourando: chué! pó! pó!, rasgando os ares e, vez ou outra, fazendo um estrago na cabeça de alguém que se arrisca a apreciar mais de perto.

Muitos ainda se lembram, e esses são felizardos como eu, da bandeira do Divino subindo, a banda tocando, foguetes espoucando e ele, garboso, fitando a sua amada, toda engalanada. Num ímpeto incontrolável, corre para abraçá-la flechando seu coração, tornando-se um só corpo, uma só alma, para sempre. Doentio desejo de sacrificar a mulher amada e se consumirem nos ardores do fogo da paixão...

Assim era o amor de Pai Paulo e Maria Catirina, bonecos construídos de bambu, vestidos de papel crepom e saídos da cabeça e das mãos criativas do Tiné, mestre fogueteiro dos bons, que tinha a sua oficina (ou seria ateliê?) ali na Rua Horácio Antunes, onde ainda vive D. Jandira, testemunha ocular dessa e de outras tantas histórias. Na hora certa, no exato momento, sob o comando batuta do Tiné fogueteiro, o Pai Paulo saía em desabalada carreira e, como foguete que era, acertava bem o coração da Maria Catirina. Cheios de um ardor intenso, um fogo incontrolável, eles se abraçavam e rodopiavam e, insaciáveis, ardiam em chamas para deleite dos assistentes que, fascinados, como que hipnotizados, aplaudiam, aplaudiam... sem desgrudar os olhos do espetáculo. Foi assim por muitos anos.

Morreu o seu Tiné. Os filhos, por um tempo, exerceram o ofício de fogueteiros. Depois... depois... o ofício acabou.

Festa do Divino dos festeiros Edmundo e Najarde, e eu buscando no tempo recordações que nos eram comuns. Saudade ampliada e lá fomos nós à procura do Geraldo Tiné, herdeiro do sangue e das habilidades do pai, para fazer o mastro da Festa do Divino. Pois não é que o mastro saiu igualzinho ao da nossa infância?! Matamos a saudade, mas a tristeza ficou multiplicada.

Hoje os mastros são bonitos. São milhares de luzes coloridas descendo do céu. Tem o aviãozinho controlado pelo computador que, também, em disparada, põe fogo ao mastro. Mas não é a mesma coisa! Não tem foguete de rabo, não tem Maria Catirina e Pai Paulo! Não há infância, nem esperança, ou tem?!...

Go it while you're young, —
3. — Now the ground is white, —
Go it while you're young, —
3. — Now the ground is white,
OPQRS

SOBRADO MAL-ASSOMBRADO

Neick Lopes

Naquela noite, como de costume, D. Josina estava recostada na cama, os filhos em volta dela, contando histórias para passar o tempo e adormecer os meninos. Eram histórias de fadas e princesas, de terror e assombração. Nunca faltavam as de alma penada. O seu Leopoldo sempre dava uma saidinha para visitar os parentes e colocar os assuntos em dia. Quando chegava, encontrava todos dormindo e carregava um a um para sua cama.

Essa era a rotina de todas as noites. A cidade era pequena, luz de candeeiro e o radinho a pilha pouca gente tinha, era artigo de luxo, só os ricos podiam escutar. Diversão era mesmo ouvir as histórias que D. Josina contava: a do "pinto pelado", da "mula sem cabeça", da "gata borralheira", e terminada uma a meninada ia pedindo outra e mais outra...

— Conta essa, mãe, conta, conta de assombração!

Depois era um deus nos acuda, todo mundo com a respiração ofegante, imaginando porta batendo, o vento gelado tomando conta da casa e as cabeças "rebuçadas" para não ver as que voltavam.

História vai, história vem, um filho adormece, outro cochila, o mais medroso, nem respira, todos, todos se amontoam na cama tentando buscar coragem na proximidade com o outro.

Num dia especial, o seu Leopoldo chegou da rua e já se preparava para descer a escada que levava à cozinha, que ficava na parte térrea da casa, quando de repente parou, ensimesmado, a observar, de cá de cima, uma mulher magra, bem trajada, arrastando as sandálias pra lá e pra cá, nas lidas da casa: lavava, enxugava e guardava as vasilhas nas prateleiras; algumas eram dependuradas nos tornos, nas paredes. O seu Leopoldo acompanhava esse vai e vem e cada vez estranhava mais aquele serviço, fora de hora, da mulher; sem tirar os olhos dela, foi descendo, devagar, os degraus até chegar à soleira da porta, disposto a brigar porque não era certo, pensava ele, ficar arrumando cozinha até tão tarde da noite. Já ensaiava pegá-la pelo braço e levá-la para o quarto, quando foi lhe crescendo um medo, um arrepio pelo corpo todo.

Desconfiava que aquela não era a sua mulher, ou era?! Já não tinha certeza de mais nada. Quanto mais tentava raciocinar mais medo sentia. Era uma assombração ou era a sua mulher?! Rezava para que não fosse assombração. Totalmente dominado pelo medo, aterrorizado, melhor dizendo, fez um esforço e conseguiu gritar:

— Zina, o que você está fazendo aí até essa hora?! É hora de deitar, mulher...

— Estou aqui, Leopoldo. Os meninos estão quase dormindo (respondeu a mulher lá de cima).

Por alguns instantes, ele ficou sem fôlego, sumiu-lhe a voz, as pernas bambearam. Tão logo percebeu o que estava acontecendo, subiu os degraus, eram uns dez, de duas passadas apenas e foi ter ao quarto, tremendo feito vara verde. Refez-se do susto, após alguns minutos, mas pensava, não conseguiria dormir aquela noite. Por mais que a mulher tentasse acalmá-lo insinuando que ele se confundira, que enxergara mal, ele não se aquietava. A mulher parecia de carne e osso, ele achava que a conhecia. Ela lhe era familiar, pensava, pressentia. Mas quem seria?! No dia seguinte, poria tudo a limpo. Vencido pelo cansaço, adormeceu.

Acordou cedo no outro dia e foi logo procurar a D. Clemência, a D. Quelé como era conhecida, mulher de meia-idade, branca que nem cera, para lhe tirar a cisma. Só ela, habituada a conversar com alma, a "requerer", saberia explicar essa aparição e "responsar alma penada". A Quelé lhe atendeu prontamente e ele contou o ocorrido. Contou e aguardou ora com medo, ora com súbita coragem, a explicação para a estranha visita:

— Quem esteve em sua casa ontem à noite, foi a sua irmã Ana. Ela me procurou antes, mas não pude atendê-la. O Pe. Guilherme falou no púlpito da igreja que sou uma bruxa feiticeira, uma farsante e que é muita pretensão minha falar com os mortos, porque os mortos não voltam. Isso me entristeceu e tem prejudicado meu contato com as almas sofredoras. Por essa razão, disse à sua irmã Ana para procurar um de seus irmãos.

— Procure o Hugo, seu irmão mais novo.

— Esse não adianta, ele não acredita e ainda faz zombaria!

— Procure então o Luiz.

— Esse não vai me receber, morre de medo, o coitado!

— Fale, então, com o Leopoldo.

— Quem sabe ele me recebe. Vou tentar falar com ele.

— Mas, ontem mesmo, ela voltou e disse que você não teve coragem e me pediu que lhe desse um recado: "Você tem que pagar uma promessa que ela fez pro Santo Antônio da Tia Riqueta – um tostão por uma graça alcançada. Só quando você pagar essa dívida, a morta vai poder descansar em paz."

O seu Leopoldo pagou a promessa e essa foi uma das muitas histórias de almas penadas desvendadas pela Quelé. Quase todas falavam: "Para pagar um coité de arroz no vizinho", "para acender uma vela pra S. Geraldo". O Pe. Guilherme reconheceu o seu erro, retratou-se publicamente, pediu perdão à D. Quelé e dizem que na assombração ficou crente.

Eu, quando lembro dessas histórias, uma pergunta teima em pular do meu pensamento. Quelé, Quelé, você "responsou" muitas almas, alguém "responsou" você?

Ainda hoje, passados quase setenta anos do acontecido, o sobrado lá está a desafiar o tempo, guardando muitas memórias, inclusive a suspeita de que por lá vagueiam almas penadas.

A MOEDA

Sérgio Maciel Antunes Pires

Meu avô Didico tem 80 anos de idade e viveu sua infância em uma Turmalina bem diferente da Turmalina de hoje. Ele me contou um caso muito interessante que ocorreu em 1942 e disse que foi o pai dele que contou pra ele.

Existia na cidade uma venda que era do Senhor Antônio do Amâncio, que ficava na Rua de Cima, hoje chamada Rua do Rosário. O senhor João Brígida, que era excelente fabricante de facas, foices, enxadas e de famosos punhais de cabo de níquel, era, também, freguês antigo da venda de seu Amâncio.

Um dia, o ferreiro mandou sua filha comprar uma rapadura na mão de seu Antônio Amâncio. Quando a menina foi fazer o pagamento da rapadura, entregou ao vendeiro uma moeda de mil réis, e ele comentou:

— Que moeda mais quente!

E, então, a menina falou:

— Ela tá quente porque papai acabou de fazer ela agorinha mesmo.

Esse caso teve muita repercussão em Turmalina, gerou, na época, muitos comentários, exatamente porque o seu João Brígida estava fazendo algo que não podia fazer.

Penso que ele era completamente inocente na sua simplicidade de artesão.

PIETÁ E DUNGA

Sérgio Maciel Antunes Pires

Pietá é um canarinho branco e amarelo, e Dunga um cachorro da raça bassê. Os dois eram amigos inseparáveis e moradores da casa da minha avó. Todas as manhãs, Dunga saía de sua casa e vinha até o viveiro onde morava Pietá e dizia:

— Bom dia, amiga! Como passou a noite?

— Bom dia, amigo, passei bem, mas aquela coruja malvada apareceu novamente aqui. Por sorte, alguém acendeu a luz do quintal e ela bateu em retirada.

— Pois é, Pietá, se por acaso ela voltar a aparecer, pode me chamar que estarei pronto para te ajudar.

— Eu sei que você é um grande amigo e posso sempre contar com você.

A noite seguinte estava muito escura e a coruja apareceu para atormentar o pobre passarinho. Foi quando chegou o cachorro do vizinho e falou:

— Não se preocupe Pietá, eu vou te ajudar! Vou te proteger!

Só que era pura mentira. O que ele fez foi abrir a porta do viveiro para a coruja entrar, e Pietá ficou no maior apuro e chamou por Dunga:

— Dunga, Dunga! Socorro!

Dunga já era velho e dorminhoco, mas ouviu a amiguinha gritando e saiu desesperado em direção ao viveiro. Chegou lá, enxotou o vagabundo do cachorro do vizinho e pôs a coruja pra correr, ou melhor, voar...

Pietá, muito agradecida, cantou para o amigo, emocionada:

— Piu, piu, piu... É melhor ter um cachorro amigo do que ter um vizinho cachorro.

Daí pra frente, ficaram cada vez mais amigos. Para sempre!

Moral: a verdadeira amizade independe de raça.

OBS.: Dunga realmente existiu. Agora está no céu dos cachorros. Morreu com 12 anos. Pietá ainda vive para nos alegrar na casa da vovó.

INSTANTÂNEOS DIAMANTINENSES

Sóter Pádua

1. Cachaça de 30 anos

Um dos proeminentes cidadãos do distrito do Guinda, no município de Diamantina, certa feita convidou alguns poucos amigos para apreciarem uma verdadeira dádiva dos céus: uma cachaça de 30 anos que recebera como presente de um dileto amigo.

No domingo pela manhã, os felizardos, inclusive o Sr. Antoninho Pádua, se deslocaram para a terra do anfitrião a poucos quilômetros de Diamantina, aflitos para provar a tão falada cachaça. O anfitrião, Sr. Valmiro, não se fez por esperar e, assim que chegaram, imediatamente convidou os amigos a se servirem em torno de uma grande mesa regiamente coberta por uma bela toalha de linho toda bordada. Tudo estava nos conformes.

Como tira-gosto, foram servidas várias travessas de galinha ensopada cortada em pedaços. O primeiro a provar, mal sorveu o primeiro gole, desandou a fazer os maiores elogios à caninha, no que foi prontamente acompanhado por todos os demais, com exceção do Sr. Antoninho... Servida a primeira, a segunda... e lá pela quinta dose, como o silencioso conviva ainda não tivesse se manifestado, o Sr. Valmiro estranhou a atitude:

— Antoninho, todos os nossos amigos já se fartaram em elogios à cachaça e somente você continua calado. O que me diz?

O Sr. Antoninho, com a sua maquiavélica presença de espírito, coçou a cabeça e sentenciou, sempre gaguejando um pouco:

— Ô, ô, Valmiro, a sua cachaça pode não ter 30 anos, mas a sua galinha com certeza tem!

2. Portador de confiança

Todo mundo da sua época conheceu, em Diamantina, o Romualdo, que Deus o tenha! Pessoa maravilhosa e, para descrevê-lo, uma só palavra: prestativo. Se alguém lhe confidenciasse qualquer problema, ele o açambarcava e tentava, de todo jeito, resolvê-lo. Assim era o nosso protagonista sem tirar nem pôr.

São dez horas da manhã e lá vem Romualdo, com uma pequena maleta, pela Capistrana a fora. De pequena estatura e passo apertado, passa em frente à joalheria onde está postado o Toninho Pádua. Após alguns passos, para e pergunta:

— Toninho, você não tem nada para o seu irmão em Belo Horizonte? Estou indo para lá

Toninho, incontinenti, mete a mão no bolso e tira um bolo de dinheiro e, mostrando-lhe, diz:

— Romualdo, por favor, encontrando meu irmão diga-lhe que até lhe mostrei o dinheiro e, quando encontrar um portador de confiança, eu lhe remeterei a devida quantia. Por favor, não esqueça esse detalhe.

O Romualdo, como num torpor, foi concordando e deu três passos como se fosse embora. Depois, voltou para trás e, furioso, gritou:

— Toninho, vai pra puta que o pariu!

3. Repeleco

Filho de família de boa projeção em Diamantina, o nosso amigo Ferdinando sofria um pouco mais que nós, diamantinenses, de um parafuso a mais ou a menos. Digamos que saiu fora do normal, piorou um pouco mais.

Bem afeiçoado, rapaz dos seus 25 anos, sempre muito bem trajado com terno e gravata, o seu linguajar era uma preciosidade. Falava pausado, explicado e num português que se pode chamar puro. Foi o nosso jovem amigo, certa noite, ao Beco do Mota. Para os que não conhecem, o Beco do Mota era a antiga zona boêmia de Diamantina, localizado no coração da cidade, bem em frente à Catedral. Ferdinando olha uma, duas ou mais raparigas e logo se engraça por uma. Como a sua carteira estava fraca naquele dia, ele se aproximou da eleita e lhe perguntou:

— Você iria para a cama comigo por 50 cruzeiros?

A beldade olhou para um lado, para o outro e, como a segunda-feira estava mesmo fraca, resolveu aquiescer ao convite e lá foram os dois.

No dia seguinte, volta ao mesmo cabaré do Beco do Mota o nosso amigo Ferdinando. Encaminha-se diretamente para a amada da noite anterior e lhe diz:

— Você iria para a cama comigo pelos mesmos 50 cruzeiros?

Como a resposta foi afirmativa, encaminharam-se para o quarto. Após saciar-se, vestiu seu terno, engravatou-se e foi saindo. Aí, a beleza abrindo os braços para impedir a sua passagem foi dizendo:

— Passa para cá os meus 50 cruzeiros!

E ele, delicado e pausadamente, rematou:

— Eu não lhe disse que eram os MESMOS 50 cruzeiros?

4. Rebaixamento de general

Quando Juscelino foi a Diamantina em visita oficial lá por volta de 1957, levou consigo a maioria de seu Ministério, inclusive o General Lott, então Ministro da Guerra. A cidade hospedava, naqueles dias, grande quantidade de políticos, empresários e as maiores autoridades civis, eclesiásticas e militares.

Com certeza, para maior brilhantismo da sua festa, o Banco Mercantil marcou a inauguração de sua agência logo após uma missa na Catedral, onde o Presidente e toda a *grand monde* estaria presente.

Não deu outra, terminada a missa, quando a caravana presidencial passava à frente da agência, os diretores e demais funcionários convidaram todos a entrar. A agência era pequena para conter toda aquela gente; desse modo, somente os que estavam ao lado do presidente conseguiram lugares lá dentro. Grandes personalidades como governadores e ministros ficaram quase na soleira do Banco. Acabada a cerimônia, com inclusive um belo discurso do grande orador, D. José Pedro, foram servidos os comes e bebes.

Naquela época havia em Diamantina um tipo popular cujo apelido era Sabiá. O único lugar que lhe era familiar era o Beco do Mota, zona boêmia, onde quem mandava e desmandava era o Sargento Cabo Oscar, conhecido como autoridade máxima.

Acontece que o Sabiá se postou exatamente atrás do General, fazia menção de servir-se, mas o garçom tirava-lhe a bandeja. Após várias investidas sem sucesso e, já nervoso, bateu a mão delicadamente no ombro estrelado do General e disse-lhe:

— Ô Sargento, passe por favor um pastel!

Com grande gargalhada foi fartamente servido pelo simpático ministro.

5. Borralho apagado

Num início de noite, lá pelas bandas do Rio Grande, morre um garimpeiro, filho de família de pouquíssimas posses. Começaram a chegar amigos e curiosos, e as perguntas não variavam:

— De que morreu?

— Como foi a sua morte?

— Que idade tinha?

O rapaz estava sendo velado em um pequeno catre, colocado no meio de uma minúscula saleta de chão de terra batida. Já ameaçava escurecer. Foi acesa na sala uma lâmpada de, no máximo, 15 velas, uma verdadeira brasinha colada na esteira do teto. Um dos presentes, que não tinha muita intimidade com os familiares do morto, levantou-se e, sorrateiramente, foi se deslizando pela sala até chegar onde pretendia: a cozinha. Outra lampadazinha iluminava a cozinha melhor que a sala, pois as proporções eram mínimas, mas dava para notar que nada tinha para o velório. Em outras palavras... borralho apagado.

O pretenso samaritano, receoso de passar uma noite no velório sem nada para comer ou beber, chamou um outro companheiro (este, da intimidade da casa) e lhe expôs a "tragédia" que se avizinhava. O chegado da família, desculpando-se, disse que não tinha condições de arcar com as despesas dos comes e bebes. Então... uma ideia!

— Vamos ao dono da casa para alertar sobre a situação e tentar encontrar uma solução.

Após quinze minutos de desculpas do pai do falecido, aborrecido por não ter nada para oferecer, ficou assentado que iria correr o chapéu, fazer uma vaquinha. Após alguns instantes, o anfitrião deixou a sala, e os pais da ideia resolveram pô-la em prática. Todos no recinto, na sua maioria, estavam cabisbaixos. Um deles aparece com um chapéu e solicita um adjutório para o velório e, a cada hora, um era abordado até que bateu no ombro de um cidadão que estava de cabeça baixa ao lado do defunto. Disse-lhe:

— Amigo, nos dê uma ajuda para o velório...

Porém, antes mesmo da resposta, o que estava recolhendo dinheiro viu que se tratava do dono da casa. Então disse incontinenti:

— O senhor não precisa colaborar, o senhor já entrou com o defunto.

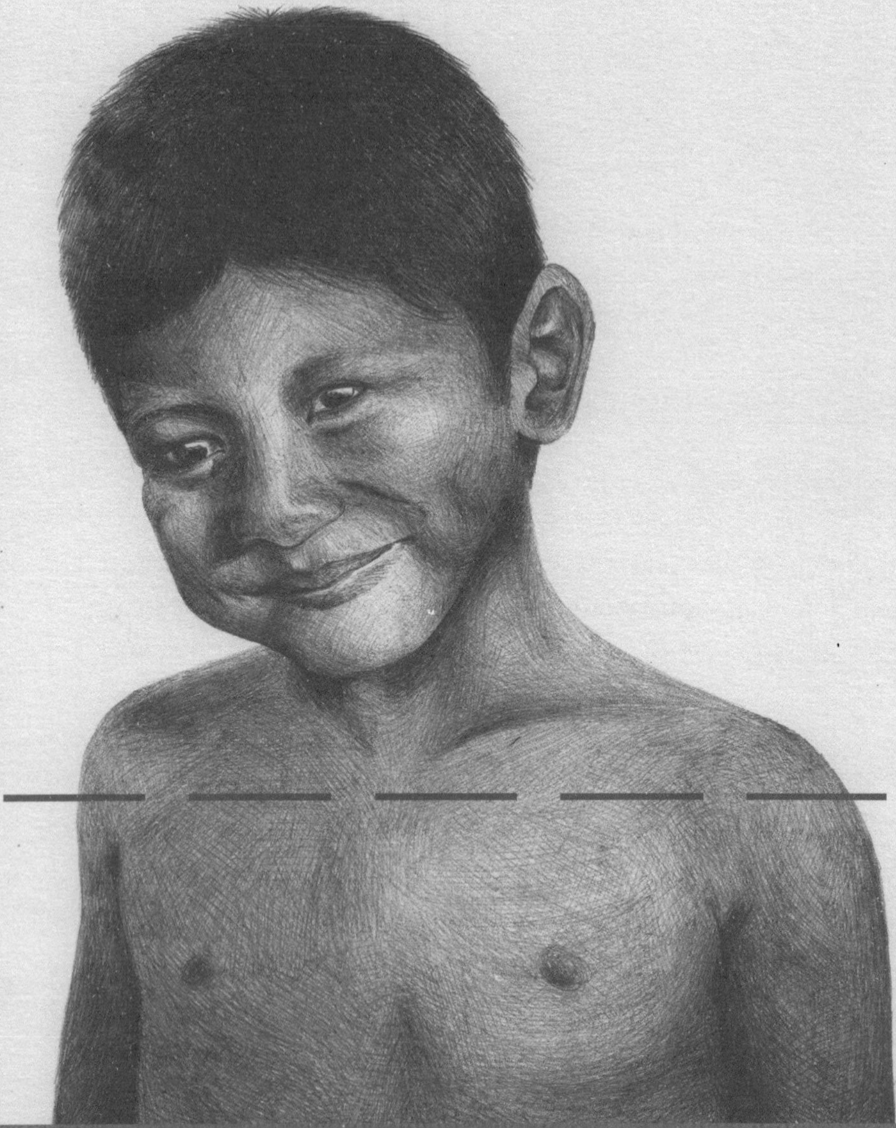

fugitivo

A FUGA DO AELSON

Tadeu Martins

Não sei por que cargas-d'água, o Aelson, filho de seu Domingos de Barros, resolveu fugir de casa. Um menino daquele, com menos de 13 anos, decidir abandonar a casa dos pais e fugir para Fortaleza. Por que Fortaleza? Até hoje eu não sei. Só sei que aquele caboclinho franzino, nosso parceiro de peladas, talvez por uma pequena briga com o pai, resolveu fugir de casa.

E escolheu uma boa hora, logo depois do almoço. Já que tinha de fugir, era melhor que fosse com a barriga cheia. Acabou de almoçar e juntou as tralhas: duas calças, três ou quatro camisas e um par de sete vidas, tudo muito bem arrumado num bornal. Saiu de casa rumo ao Posto Planalto, pediu carona a dois ou três caminhoneiros, dizendo que ele morava em Fortaleza e que havia saído de casa com o irmão mais velho, desencontraram-se, e ele precisava retornar. Bom de papo, convenceu um caminhoneiro que resolveu levá-lo para Fortaleza: "Eu sei o quanto é duro penar pelo mundo sem apoio da família. Espere por mim dentro do carro, eu vou almoçar e volto em meia hora para seguirmos viagem."

Aelson, sem saber que o bombeiro do posto o havia reconhecido e escutado seu papo com o motorista, entrou para a cabine da Scania e ficou tranquilo ouvindo música sertaneja, à espera do seu protetor. O bombeiro, sentindo o drama, foi até a casa de seu Domingo e detalhou o que estava acontecendo. O pai chamou os dois filhos que estavam jogando bola conosco, e partiram para o Posto Planalto, distante uns trezentos metros. Nós, uns doze meninos, já sabendo da história, saímos atrás, acompanhando a família do fujão. Seu Domingo explicou ao motorista o que estava acontecendo e, pegando o moleque pela orelha, perguntou: "Então você é de Fortaleza, né? Quer ir pra Fortaleza, né?" Saiu puxando Aelson pela orelha, seguido por uma procissão de meninos e perguntava ao Aelson: "Cê sabe cumé que chega em Fortaleza?" e aí, começou a dar uns cascudos no filho. Para cada cascudo ele falava o nome de uma cidade situada no trajeto Itaobim-Fortaleza. "Medina", um cascudo. "Entroncamento de Pedra Azul", outro cocão. "Nova Conquista", mais uma aleluia. "Vitória da Conquista", outro teco.

Seu Domingo nunca havia viajado para Fortaleza. Até Juazeiro, na Bahia, ele acertou. Daí pra frente, ele ia e voltava de um estado para o outro, chegando a citar cidades de São Paulo e Rio Grande do Sul. E um cocão para cada cidade. Os trezentos metros que separavam a casa do fujão do Posto Planalto foram percorridos nesta procissão: nome de cidade, cascudo, sorriso da meninada e choro do Aelson. Ainda bem que era perto, se não, Aelson teria conhecido, debaixo de cascudo, muitas cidades do Brasil.

Haja cabeça pra aprender Geografia!

A ONÇA FREUDIANA

Tadeu Martins

Estamos em 1927, numa pequena cidade do Vale do Jequitinhonha, dentro de um consultório médico: o médico é Dr. Antônio, 31 anos, recém-formado pela Universidade da Bahia, clínico entusiasmado com os estudos sobre a força da mente humana. O paciente é Josino, 45 anos, pequeno produtor residente na zona rural que padecia de "cansaço, tontura e sono maldormido". A consulta fora solicitada por Mário, primo do Josino e amigo do Dr. Antônio. Após minucioso exame, Dr. Antônio percebeu que o paciente gozava de boa saúde, todos os órgãos muito bons, mas o Josino estava muito abatido. Buscando descobrir a causa do mal-estar do paciente, Dr. Antônio partiu para um longo bate-papo.

— Você está se alimentando bem?

— Tô sim, Dotô. De manhã eu bebo café, depois o almoço e, de tardinha, eu janto o resto do almoço que eu mesmo faço.

— Você não é casado?

— Era Dotô. Faz uns dois mês que a infeliz que eu casei com ela fugiu com um motorista de caminhão que passava de vez em quando na estrada lá perto de casa. Estrada que só passa um carro na vida e outro na morte. Nunca mais tive nutiça dela, dotô. Nós tinha um fi', de 3 anos, ela levou junto.

— Você começou a se sentir mal logo que ela partiu? – perguntou o médico, já antevendo a causa da fraqueza do Jovino.

— Não, dotô. Eu só comecei mesmo tem uns dez ou doze dias. Eu acho que é o diabo daquela onça.

— Onça? Que onça?

— Eu moro sozinho, dotô. De uns vinte dia pra cá, deu pra aparicê uma onça enorme na janela do meu quarto. Já atirei nela umas cinco vez, já armei arataca, mas nada adianta. A bicha é esperta. E lá na minha região, ninguém inda viu ela, dotô. Parece que é só eu. Ela me persegue. Chega de noite e berra bem na janela... Berrar num berra não, dotô! Eu é que não sei cumé que chama o cantado dela. Eu sei que é um urro feio. Dispois que ela cumeçou aparicê, tem uns dez dias que eu não durmo direito.

Ao ouvir aquele relato, o médico começou a pensar com seus botões. "Onça que ninguém via, que não comia nenhum animal. Estranho!" Depois que perdeu a mulher e o filho, a tristeza e a solidão faziam o Jovino, inconscientemente, associar sua mulher com uma onça. Aí, vinham as visões da onça, que só aparecia à noite. "A mente humana é capaz de criar coisas fantásticas quando quer expulsar uma realidade que machuca."

— Por que você não arranja uma pessoa para morar com você? – disse o médico, sugerindo mais que perguntando.

— Por causa da onça? Precisa não, dotô. Posso ir perdendo sono e até fraquiano, mas um dia Deus há de ajudar, e eu pego aquela muleca. Inda vou dá o couro dela pro sinhô. Nesse meio tempo, o Tunico já durmiu dois dia lá em casa, mas nesses dias ela num apariceu. Se tivesse aparecido, nós tinha acabado com ela, falou o lavrador, fortalecendo a impressão do médico.

— Eu vou receitar um medicamento que acalma, você vai dormir direito e vai melhorar sua fraqueza, disse o médico, entregando uma receita ao Josino.

— Uai, dotô, cumé que eu vou fazê a onça tomar esses remédio?

— Não, Josino, o remédio é pra você tomar, responde o médico, sem conseguir esconder o riso.

— Mas, dotô, quem precisa calmá né eu, não! É a onça.

— Vamos esquecer essa onça e dormir um bocado. Você vai tomar esse remédio e logo vai estar forte de novo. Você vai ver!

Josino saiu do consultório, passou na farmácia, comprou a caixa de comprimidos, ouviu do farmacêutico a explicação de que não podia beber cachaça enquanto estivesse tomando aquele remédio e voltou para sua casa na roça.

Dr. Antônio, alguns dias depois, foi a Salvador rever a família, ficando por lá uns dez dias. Quase uma semana depois, retornou à cidade onde trabalhava e foi visitar o seu amigo Mário. Entre um bom papo e um licorzinho de pequi, o Dr. Antônio pergunta ao amigo: "E aquele primo seu, o Josino, já melhorou? Ele estava tão triste!"

— Uai, doutor, você não soube, não? Josino morreu! Uma onça comeu ele.

TRATAMENTO DE CHOQUE

Tadeu Martins

Dedim de Ciço, poeta e cantador, convidou o amigo Chico, da cidade de Contagem, para passar uns dias no seu torrão natal, a bonita Novo Cruzeiro, no Vale do Jequitinhonha.

Em lá chegando, o rapaz, talvez porque os pulmões já estavam acostumados com a poluição do grande centro industrial, não resistiu ao ar puro do Vale ou ao apanhado nas serestas de que participou e, no terceiro dia da visita, acordou com uma bruta crise de tosse. Punhadinho de sal na boca, chá de hortelã, reza de D. Maria Batutinha, nada adiantou. Chico tossia de fazer dó.

Como não tinha médico em Novo Cruzeiro, a saída foi recorrer ao farmacêutico. O seu Virgílio da farmácia havia se ausentado para ir ao banco, e o Lereu (Deus o tenha!), figura folclórica da cidade que tomava conta da casa com a recomendação expressa de nada vender, foi quem atendeu ao Chico.

Aqui um parêntese. É muito comum no linguajar do Vale, expressão de advertência: "Você vai ver o que é bom pra tosse". Um belo dia, um cidadão havia procurado seu Virgílio, querendo um remédio para "soltar os intestinos", e ele havia receitado Lacto Purga. "Posso tomar os quatro duma vez?", perguntara o cidadão. A resposta de seu Virgílio: "Não, toma só dois. Se tomar os quatro, você vai ver o que é bom pra tosse!" Esse fato veio à cabeça do Lereu, que assumiu ar de importante, caminhou até a prateleira da farmácia e voltou com um copo de d'água e quatro comprimidos. Chico engoliu os comprimidos, pagou, e saiu tossindo pela rua principal da cidade.

Cerca de quatro horas depois, quem passou pela estação ferroviária pode assistir à cena: o rapaz, pálido, com uma mão abafando a boca, as pernas apertadamente cruzadas e abraçado a um poste da Cemig. Alguém gracejou: "Eta ferro, de pileque às cinco horas da tarde."

Mas Lereu, olhando da plataforma da estação, sabia que não era pileque. Ao ver Dedim de Ciço chegar correndo para socorrer o amigo, Lereu, que já se sentia culpado, justificou: "Pelo menos a tosse passou, uai!"

DIAMANTINA, MONTANHAS: VELUDO CAPRICHADO DE AZULEJOS

Tarcísio Ferreira

Vivi no Caraça, único lugar mais bonito que Diamantina que conheço, mais bonito do mundo. Uma paz de solidão que me trazia lobos à janela, eu testemunhando ainda trapos da noite. Depois, desfilavam saracuras, duetos de sabiás e rolinhas, riscos de sol nos algodões dos vales, coisas de luz nos picos mais altos. Enfim, se existe céu, deve ser parecido.

De lá, vim a Diamantina, não sem, antes, vasculhar trinta e mais lugares, me buscando em outro encanto. Então, cheguei aqui com a ideia de só visitar o Élcio, meu irmão, e seguir em frente. Mal cheguei... e o pôr do sol irrigava a Serra dos Cristais com prata velha avermelhada. A Itambé (falo *a Itambé*, tão feminina e faceira a serra estava) com os quadris cintados de nuvens, tiara de ouro na cabeça, e a família toda dela semeada para os lados e pro fundo do horizonte, em desordem de veludo caprichado de azulezas.

Pronto, meninas, cheguei cativo, não precisam mais sussurrar chamados nos subterrâneos de meus sonhos. Vim para banhar vocês na libido de meus olhos. Elas me providenciaram uma casa e uma varanda onde pudessem entregar-se em despudor de Ilha dos Amores, negaceando aqui sob filó de sombras, se desnudando ali em despudor de luz e Sol ou, lascivas, prateando-se ao luar.

Tanto conheço e sinto bem os seus meneios, que me invadem os sentires e escreveres... Amá-las, para mim, se faz, às vezes, oração, como aquela das andorinhas pousadas nos fios, todas milagrosamente adorando o amanhecer. Mainha rezou em mim:

Vai calando a noite
As andorinhas gradam matinas gregorianas contra o Sol
Na pauta da rede elétrica
A cidade dorme.
No silêncio desta música,
Eu, que não creio, e as andorinhas, que não sabem,
Rezamos por ela.

Outras vezes foi Cupido, ao luar, junto ao Caminho dos Escravos:

O céu semeou sombras, o vento eriçou os pelos dela.
Eu vesti sua nudez com a do meu corpo,
Com a língua mapeei o corpo dela,
Que desenhou com os dentes sutilezas no meu corpo
Num só corpo de mil bocas, braços, pernas
Que suga e cospe
Arranha, afaga, afoga, atrai, expulsa, exaure e adormece.
O amanhecer escreveu cores nas montanhas, rabiscou delicadezas nas pedras do
Que desenhou com os dentes sutilezas no meu corpo
E, brutalmente, nossos corpos explodiram
Num só corpo de mil bocas, braços, pernas

Que suga e cospe
Arranha, afaga, afoga, atrai, expulsa,
Exaure e adormece.

O amanhecer escreveu cores nas montanhas, rabiscou delicadezas nas pedras do Caminho dos Escravos, leu as marcas do furor em nossos corpos flutuantes sobre o altar de nosso gozo amanhecendo eternidades.

Outras vezes, são meu consolo, como na noite em que ela não veio e pedi socorro à Lua:

Na minha varanda, só meus olhos e tua ausência.
Aonde foram os sóis
Que teus olhos roubavam de espaços intocados
E depositavam nos meus quando me olhavas,
E meus beijos devolviam, vivos,
À noite morena de tua pele?
Procuro em vão e só encontro, mortas, estrelas
Que semeei na noite em fogo de tuas entranhas.

HISTORINHA BANAL DE CACHAÇA

Tarcísio Ferreira

No fim da madrugada, a cachaça arrombou o porão do Quinzin, e Maristela saiu de lá, fresca, morena lisa e bem torneada como os olhos de Quinzin a viram, do jeito que a amara e dela recebera amor, amor de puta, que esposa alguma consegue jaaamaaais, ele escandia misturado às frustrações secretas do casamento dele tão gabado até hoje...

Maristela era do Beco do Mota, um curral humano de baias improvisadas em casarões coloniais belíssimos espremendo becos lindos em duas ou poucas mais centenas de metros, responsável, em grande parte, pelo lirismo de Diamantina no imaginário mineiro. A passagem mais importante entre o Beco e o mundo limpo era frente a frente com a porta monumental da Sé. Dali, Maristela e eu ficamos para assistir ao cortejo do casamento de Quinzin, escondidos, claro, pois, afinal, ela, mesmo amando muito e muito amada, era do Beco e puta, parte da matéria-prima do lirismo do Beco.

Mulher assim chegava ali adolescente ou pouco mais. Não importava donde vinha, nem se foi estupro, sedução, amor proibido ou qualquer das armadilhas dos caminhos da sertaneja pobre. Bastava trazer no corpo o hímen *ilegalmente* lacerado. Expelida da infância, mulher assim vinha escorrendo pela estrada, sem dinheiro ou mudas de roupa, servindo garimpeiros, tropeiros, caminhoneiros, passantes ocasionais, a céu aberto ou em choupana improvisada, com as costas na poeira quase sempre, em troca de comida ou de não ser espancada. Chegava e virava *puta do Beco do Mota*. Todas viravam.

A voracidade dos machos caía sobre elas. Rapazes bem-postos montavam-nas com o mesmo desamor que às éguas no pasto, distintos senhores cuspiam dentro delas o esperma sem serventia em casa. Disputavam a carne, dois, cinco, dez por noite, quantas vezes em grupo. Sugadas, devoradas pelo cancro, gonorreia, percevejos, barbeiros, pulgas, varejeiras, bernes... Baratas, ratos e gigolôs, seus comensais. Murchavam... Os fregueses não se contentavam com a carne, tinham de servir-lhes a estúpida poesia das zonas de prostituição. A música abafava os gemidos e a fantasia dourava a morte lenta da carne e o apodrecimento da alma. O olhar vigilante da Igreja e das boas famílias demarcava os muros do presídio.

Mas, em qualquer brejo, cresce flor, que sem ela a alma sufoca. Uma flor ali era misturar hoje com ontem e amanhã, fazer de tudo o momento da hora. Outra, era amar com um amor sem troca, a única coisa que a puta pode fazer sozinha e guardar. Amor que faz receber, como demonstração de zelo, as pancadas do proprietário e os minutos com ele como parênteses no inferno. Amor de puta não é troca, é receber-se a si própria e povoar sua caverna para quando o amado for embora. Com Maristela e Quinzin foi igual. Ou quase, pois eles se amaram de verdade, dois adolescentes.

Contei a ele que eu fiquei com ela na saída do Beco no dia do casamento dele, toda enrolada ao frio intenso, e ouvi bem quando cochichou pra dentro de si: "É bonito assim que ele vai ficar quando casar comigo!" E contei também que encontrei Maristela em Londrina, pra onde ela foi, quando, no dia seguinte ao casamento dele, fecharam na porrada o Beco do Mota. Era enfermeira, nunca se casou. Isto é, sentia-se casada com ele. Quinzin chorou.

Pois é! Cachaça é mesmo um caso sério!

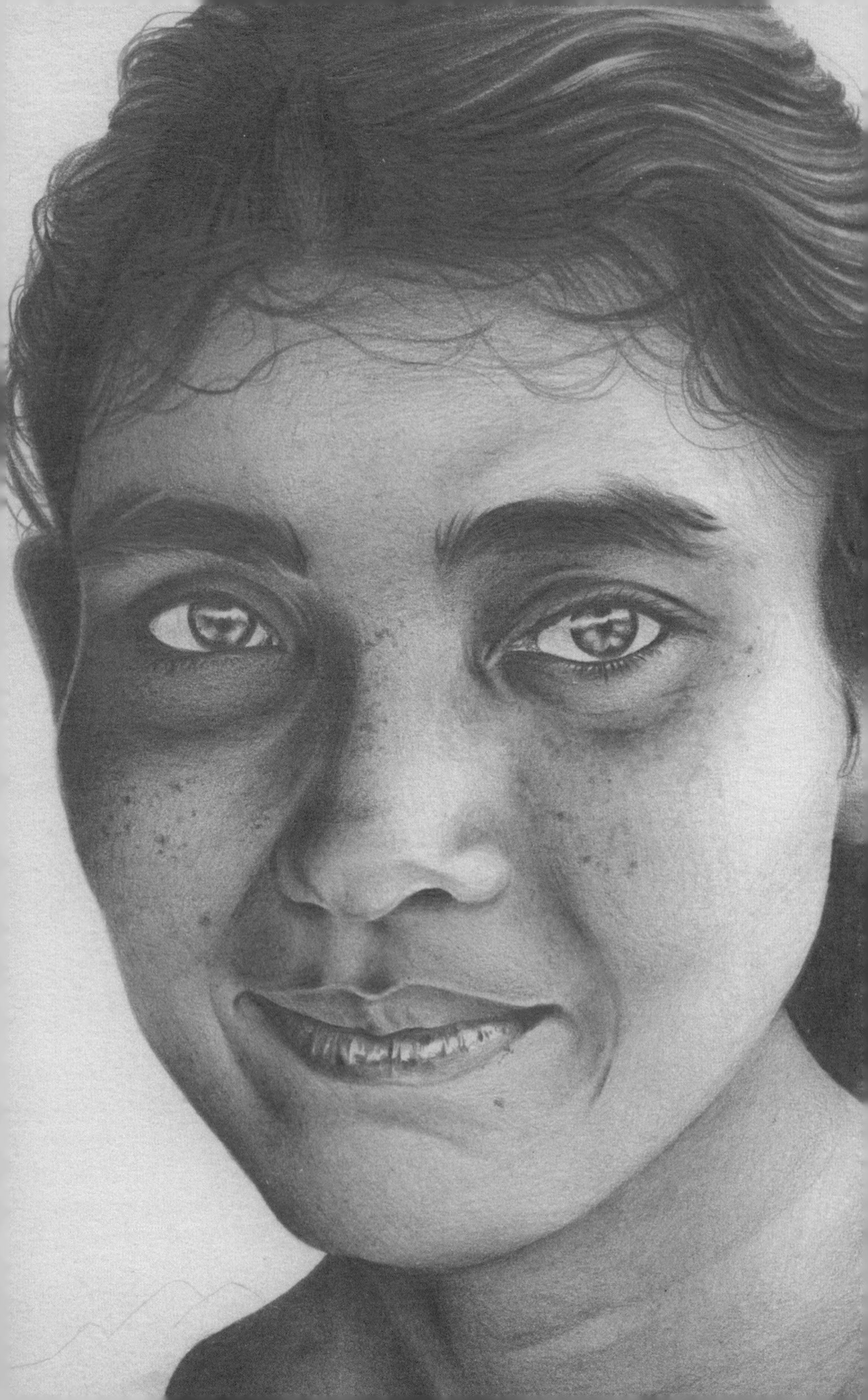

O QUANTO VALE O MEU VALE?

Vera Felício

Sacudi os cabelos e, com as costas das mãos, limpei as sobrancelhas. As lágrimas lavaram-me os olhos e abrindo-os bem, guardei na retina e na alma, cuidadosa e carinhosamente, o pó quase cor de urucum, indelével marca de minha vivência e experiência no Vale. O Vale doía em mim. O Vale que ainda não conhecia, mas que se tornava, agora, o meu Vale, o meu Jequitinhonha.

Não me incomodou a nuvem levantada ao meu redor no forte bater de minhas vestes, a nuvem colorida incorporou-se, definitivamente, ao meu jeito de ser, ao meu Eu em renovada aura. Incomodou-me, na verdade, o tempo perdido: os muitos dias, os incontáveis meses, os longos anos que levei para buscar minhas raízes e nelas encontrar-me. Nasci no Vale e não era do Vale!

Desci do ônibus, ou seria uma jardineira? Repleto. Gente assentada, gente em pé. Gente que, neste momento, senti próxima, bem chegada a mim. Homens de chapéu de palha, mulheres de lenços coloridos nos cabelos, magros, secos, de cor indefinida e um sorriso de Gioconda nos lábios.

Ensaiei o mesmo sorrir, meu rosto tornou-se um esgar. Ainda havia muito, muito mesmo de tempo, espaço e mergulho no Vale para adquirir a sabedoria, a paciência, a ironia e a digna postura percebida em cada rosto e em cada abraço conquistado naqueles mares nunca dantes navegados.

E aqui estou, batendo ladeiras de sol cima-abaixo em busca incessante nos morros e vales, fotografando no cérebro, igrejinhas, casebres, ruas e becos. O suor na pele gravando gente e que gente, Deus! Quanta gente linda ficou no coração! Coração tornado pequeno para caber Lira, Zefa, Francisca, D. Odila, Paiada, Tião, D. Laurita, Palmira, Fátima, Miraci e tantos, tantos outros, agora conhecidos-velhos-amigos. Cada nome, uma história. Cada figura um mundo rico, novo, surpreendente.

Curei-me de todos os males na benzedura de Luiza Teixeira Ramalho, Sá Luiza, puro carisma em seu vestido rodado de chita, lenço florido nos cabelos, riso alegre solto, em ambiente onde a televisão e a geladeira tomavam ares de altar. Incrível confraternização de visões do Pato Donald, Huguinho, Luizinho, Zezinho a falar e correr mesclando-se às imagens de Nossa Senhora Aparecida, do Rosário, de São Jerônimo, São Sebastião, São Benedito, entre gravuras europeias da Madona, vasos de flores naturais e flores de cera ou pano. As velas acesas e orações impressas, tudo em simbiose de absorção e transformação religiosa. Curei-me sim, do mal da ambição e do mal do conformismo.

Nos meus ouvidos um verso de roda:

Palmatória quebra dedo
Chicote deixa vergão
Cassetete quebra costela
Mas não quebra opinião.

Versos aprendidos entre os Trovadores do Vale, passarinhos cantadores, cuja alegria e carinho delinearam Araçuaí em minha mente como cidade da música e do prazer.

E as histórias de Zefa? Casos e contos, pontuados pelas suas sonoras gargalhadas e vívidos nas palavras onomatopaicas. Eu ouvi um "zoor" tão grande de felicidade, quando estava assentada na cozinha da Zefa, comendo pururucas da Francisca e bebendo suco de maracujá colhido na hora, quase fico para sempre no Vale ou pelo Vale.

Os potes de barro olhavam-me tão felizes e sérios em sua desconhecida missão de guardar arroz, feijão, farinha, que me pareciam um convite para esquecer as tralhas da cidade. Os gatos, inúmeros gatos, passavam atrás de mim, aninhavam-se aos meus pés, amigos de olhinhos sonolentos, quase fechando, sussurrando: andar correndo, por quê? E pra quê?

As peças da escultora Zefa, entalhadas em pesados troncos, tinham histórias a serem ouvidas. Nas paredes cobertas por páginas coloridas de revistas, Juscelino olhava-me de Brasília, Grace Kelly de Mônaco, Marilyn Monroe de Hollywood e Sarney em seu fardão da Academia de Letras. Estáticos, sorrisos estereotipados, lembravam-me um mundo que os gatos felinamente me convidavam a esquecer.

Seria ótimo esquecer, mas não devo. As ruas sem esgoto do Mutirão, o mau-cheiro, os ônibus levando os homens válidos para os canaviais de São Paulo, as bocas sem dentes, os velhos-novos cansados em suas longas tosses, as mulheres fiando, lavando, amamentando. Mulheres sozinhas, junto aos velhos-velhos, ambos unindo-se na luta para sustentar filhos e netos, enquanto seus homens buscam sobrevivência por aí, pelas plantações dos grandes estados. Mulheres que falam de seus homens e esperam seus maridos como se fossem os guerreiros de Atenas. Estes traziam orgulho e louros, aqueles trazem fracassos e nunca conseguem o velho sonho de uma vida melhor.

Seria ótimo esquecer e por lá ficar. Mas sei que não posso, o Vale está doendo em mim, explodiu-me por dentro com sua enorme pobreza e sua grande humanidade. Humanidade unida cantando, unida em seus sindicatos de artesãos, tecedeiras e lavadeiras, unida na consciência política de luta por dias melhores. Esta gente do Vale do Jequitinhonha estigmatizou-me a ferro e fogo.

Sou deste Vale, faço parte do Vale que se vai formando forte a preservar sua identidade. Pobre, sim, mas em luta contra o descaso dos governos, contra a seca, contra as intempéries naturais e pelo descaso que lhe é imposto. Sou do Vale do Jequitinhonha, alto, médio e baixo, sou deste Vale que vale o quanto pesa neste imenso e perdido Brasil.

Esperem e verão!

A MANDIOCA

Ancelmo Cordeiro dos Santos

A história que me contaram
é que, há muitos anos atrás,
Tibeco era um comerciante
e, também, esperto demais.

Na escola quase nunca foi,
mas aprendeu com a vida
e foi famoso no seu ofício
na sua terra querida.

Em sua venda singela,
vendia do fumo ao tecido.
E o povo se gabava
de naquela venda ter ido.

Lá todos compravam e, ainda, podiam vender,
pois Tibeco era um homem justo e honesto.
Quando uma pessoa levava algo pra vender,
ele pensava, pensava e pagava o preço de custo.

Um dia, passou a comprar mandioca
pra fazer farinha.
Só que alguém descobriu

que as mandiocas compradas eram dele mesmo
e foi contar pro Tibeco.

Ele contou e Tibeco falou:
— Olha! Se eu fosse comprar pra apanharem a mandioca,
teria de pagar por dia.
Já que tão vendendo pra mim
o que é meu, pago por quilo
e o besta não fica sendo eu.

A MORTE DA DEJA

**Gilda Gomes, Janeuce Cordeiro,
Rosângela Pinheiro**

E no quadro da memória
Continua a nossa história
A Deja, moça de famia,
Teve os conselho da mãe:
"Quem avisa amigo é
Dançá na quaresma faz virá capeta!"
Mais o que não queria era ficá pra tia
Com o fogo no corpo, perdeu a cabeça
Saiu e dançou o mais que podia!

Ao acordar de madrugada
Sua mãe a encontrou desmaiada
Chamou um, chamou outro
E todos vieram ver
Que desmaiada, que nada!
Tava era mortinha da silva!
As canela tudo esticada!

Era hora de pensar no velório
Fogueira, farofa,
Pinga da boa, vela,
Acácio Virgílio trouxe o caixão
A noite era de pranto e oração
Lamentação daqui, Ave-Maria de lá,
E o Pai-nosso não podia faltá!

O rosário tava que desfiava
Pobre Deja, tão moça, tão alegre,
Tão caridosa, tão gentil
Mas juízo que é bom faltava
Carecia mesmo daquela gente que rezava!

Noite de velar morto é muito comprida
Na reza, entre uma conta e outra,
Um gole de pinga, um prato de farofa, um choro pra morte
Pobre Deja, quanta falta de sorte!
Quando a pinga deu efeito
Da morte a tristeza levou.

Era comilança e bebedeira tanta
Que do sono eterno a defunta acordô
Abriu um zóio, com outro espiô
E daquela festança se admirô
Os cumpade e as cumade
No meio daquela fuzaca
Não deram pro acontecido.

Aí a Deja no caixão se sentou
Os zóio arregalô
E pro povo entonce gritou:
— Cês pensou que eu ia ficá de fora?
Um prato de farofa e um gole dessa pinga
Eu quero e é agora!

Por essa ninguém esperava!
As cara amarelô!
Os coração disparô!
Os cabelo arrepiô!
As perna bambiô!
Mais naquele lugar
Gente viva num ficô
Com o susto e a tremedeira
O povo saiu nas carrera.

A verdade era uma só
O sucedido ninguém negava
A prova tava lá
Era a morta que voltava!

Voltou contando histórias
Cada coisa de arrepiá
Das quais o João do Zé da Viana
Sem ter pernas pra correr
Foi testemunha ocular.

NAMORO DE ANTIGAMENTE

Gilda Gomes, Janeuce Cordeiro,
Rosângela Pinheiro

Namoro de antigamente
Não era feito os de hoje
Pegar na mão dava trabalho
Beijo de língua, nem pensar
Tinha até quem só conhecia o outro
Na hora de casar.
Se a moça embarrigava
Apressava o casamento
Os nove mês não se cumpria
Pois os menino antes do tempo nascia
De ingênuo, os pai nem calculava.
E debaixo dos pano é que as coisa ficava.
Por isso, o Zé Agostin

Na sua sabedoria
Abria bem os zóio
Pra zelá das sua fia.
Todas elas moça faceira
Vestidas pelo Vavá
Luxavam em belos traje
Para os rapaz encantá.
Tudo começou assim
Festa vai, festa vem,
Tantos moço interessado
Mas a Chica se enamora é do Tonin.
Depois de muita conversa
O rapaz começa a ter pressa.
É hora de pegá na mão,
Mas com a Chica não tem disso, não!
Um dia, durante um encontro,
Num passeio beirando a cerca
O Tonin se animô
Perto da Chica foi se achegando
Pro lado da cerca ela foi se afastando
E os pedaço do vestido
No arame foi ficano
— Que bobagem é essa, Chica!?
Casamento vai ser marcado.
Mas ela, de rosto afogueado,
Nem pôs sentido no vestido rasgado.
O receio era tanto
Que andava apressada
E só no fim da cerca é que percebeu

Que estava só de anágua
Assim a Chica, moça recatada,
Preferiu roupa rasgada
A fazer passeio de mão dada.

VALE TANTO

Janeuce Cordeiro Maciel

Essa gente do Vale
Tão Vale
Vale tanto

Pelas mãos calejada
Pelas espinha dobrada
Pelas escadeira doída
Aqui se peleja a vida

Lá vai D. Raimunda cutucar na horta
Seu Felizberto é que aparta os bezerro
Os mininінho inventa na porta
Fabrica da vida os seus brinquedo

Deu berno nas vaca
Os cachorro tá que é só puiga
As galinha, mesmo no choco dá dó
Já tá que é gogo só

Os porco ronca no chiquero
As galinha cisca no terrero
Os boi é aquele berrero
Os cachorro late matrero e anuncia:
A fome procura aguia no paiero

Devagar lá vai a vida
Castigando solo e coração
Chuva é lembrança doída
Leva os oio no riberão
O Sol é uma bola de fogo
Queimando os pé plantado no chão
Cadê a água que tava aqui?
Seca agora é toda estação

Mais é na casa de cumade Maria
É na casa de cumpade João
Vamo se alegrá, minha gente,
Finá de semana vai tê fonção!

Nóis reza umas Ave-Maria
Entremeia com leilão
Sacode no chapéu moiado
E balanceia no vilão

Tem pinga da boa
E tem o quentão
Quá... o tira-gosto nóis arremata
Tem pé de porco dos bão!

Essa gente do Vale
Tão Vale
Vale tanto

Na lida do dia sofrido
Inventa causo de assombração
De noite, aguça os sentido
E narra tudo inriba do fogão

Apareceu na casa de cumpade Lucindo
Diz que tinha coro arrastano no quintal
Os cachorro latiu e parô
O cumpade chamou a cumade que acordô

Abriu os zóio e canstatô
Era aima d'otro mundo
O irmão de seu dotô
Mandano recado pro Zuza
Pra mode ele sê o imperadô

Eta povo, esse povo meu
Como vale nesse Vale teu
Vale tanto!...

PARTO DA MORTE

Marluce Antunes

Senti-me estranha, como se das entranhas da alma
brotasse uma semente.
Sintonia de sonhos, visões, saudades, solidão.
Meses de sinfonia desconhecida,
que vinham de algum lugar e, sem que soubesse,
se alojava no tempo de mim.
Era a gravidez da morte.
No ventre vazio, pelo umbigo de "um âmago bem profundo",
uma dor crescia desconhecida.
Os meses passaram...
A morte acariciava meus sonhos.
Contrações, emoções...
Era chegada a hora.
Solidão num quarto e choro sem lágrimas,
olhos secos e uma dor que acalmava.
Manhã cálida, sonho de oração.
Sob os olhos do mundo, a morte nascia...
O parteiro da morte rasgou-me,
e, depois, partiu sossegado.
Hoje, sem me lembrar de ter planejado nada,
amamento e crio um vazio que cresce e me completa,
ausenta meus sentidos mais normais...
Desfaz os meus limites visíveis.

Um vazio denso, mas inefável.
Ausência florida de dor anestesiada,
com cheiro e gosto do filho que da morte renasceu.

Paixão de abril 2007

O VERSO NO BREU

Murilo Antunes

caveira de boi espantalha no brejo. noite escura, de uma
luminosidade negra que apavora.
o tempo ali parece que parou, cristalizado no ar.
momento escuro, e breu é cruel: deixa cada um prever o
que quer, faz o medo dominar. breu tem fantasma, melhor,
tem assombração, intriga, conspiração.

o primeiro tiro ecoa pelo brejo inteiro, afugentando
feras, esterilizando casais, esfriando todos até a
medula.
a voz vem do breu: — ninguém se mexa. tenho muita gente
comigo, todos prontos, com os dedos
no cão. queremos água e carne
bastante pr'umas tantas léguas.

— vamos atrás de um homem de barba,
de fala certa, que andou instigando o povo daqui. quem
der pista, tem prêmio.

soube-se depois de um corpo claro, sob uma árvore,
retalhado de bala, traidoramente denunciado,
oficialmente comemorado.
... tem de tudo no breu.

EM TURMALINA, A VIDA SEMPRE VALE!

Rosângela Pinheiro

Estamos entrando em Turmalina,
o tempo ameno das serras foi ficando para trás.
Pela janela, contempla-se uma paisagem diferente:
as plantas do cerrado já vinham anunciando o clima,
um calor invade a alma, e as lágrimas inundam os olhos.
Olhos de saudade! Lágrimas de alegria!
Terra de tantas histórias, de uma gente guerreira numa
batalha incansável pela dignidade da vida.

O trem da vida não para. A vida segue seu curso...
Pela estrada, homens de chapéus na cabeça, mulheres com

filhos no colo, crianças valentes e madrugadeiras a esperar o
carro da escola.
Pele queimada de sol, de cor indefinida, feições agrestes,
corpos suados, de longos caminhos percorridos.
Porém, uma certeza os domina: são donos de sua própria história.

O barro moreno se modela em amor e poesia...
Os bordados entrelaçam as teias e cores da vida,
as canções são entoadas nos afazeres do trabalho da roça.
A vida é decantada em versos de fé e de esperança.
Os balaios na cabeça a conduzir até a cidade os frutos da colheita,
os filhos aconchegados na cintura, a colher, no seio materno,
a seiva da vida.

Uma poderosa multiplicidade de imagens!
Eu diria diferente do que disse o poeta: "Eta vidinha rica, meu Deus!"

O olhar percorre ruas, avenidas e adentra outras paisagens.
A cidade amanhece ávida por mais um dia que se aproxima.
A Lua se esconde a anunciar o Sol
que surge afoito entre as nuvens no fim do horizonte.
Surgem desenhos e arabescos brancos no azul-claro do céu.
Aos poucos, o escuro da madrugada se rende, resignado,
à luz do dia.

Mas é julho. Embora o dia se faça claro, um friozinho
percorre o corpo e
quase desaparece com a acolhida carinhosa da gente
desta terra,

sempre tão hospitaleira, desnudada da desconfiança da
cidade grande,
vestida da ingenuidade e singeleza típica dos interioranos,
dessa gente que pensa com o coração.

E julho sempre anuncia o cheiro das quitandas,
vindo do interior das casas.
Do alto-falante da Igrejinha da Matriz,
que se ergue majestosa em seus tons de azul,
o som estridente de uma música já tão conhecida.
Há um cheiro de festa no ar,
há um som contagiante de vozes a se reencontrar.

Há que se prover a despensa,
há que se sacudir a poeira dos violões e retomar os acordes.
É tempo de acolher os filhos ausentes. E os presentes também.
É tempo de celebrar o Divino!

Na manhã domingueira, famílias e amigos se reúnem na
Pracinha da Matriz.
As cores se misturam, a alegria toma conta de todos,
as pessoas se saúdam efusivamente, como se não se vissem há
muitos anos.
Ora! Viram-se em julho do ano anterior,
ou até mesmo em festa mais recente.
Na Páscoa, quem sabe?
Mas é sempre assim!
Quando se fica longe, a saudade se encarrega de alongar o
tempo

e a felicidade do reencontro é tamanha
que apaga as intermináveis horas de saudade triste.
É sempre assim!

O Cortejo do Divino, com pompa e grandiosidade,
percorre a avenida principal da cidade,
seguido por homens, mulheres, crianças, moradores e visitantes.
Depois da Santa Missa, a apresentação tão esperada: Caboclinhos:
meninos e meninas entre cores, penas, arcos e flechas,
ensaiando passos de dança guerreira,
cantando a ousadia em versos.

Ano após ano, as gerações se sucedem.
Homens e mulheres, outrora integrantes do grupo,
relembram um passado já distante.
Hoje, são pais e mães de família.
É assim que se constrói a história: de pai para filho, de geração para geração.
De conto em conto, de passo em passo, de dança em dança!
Através das palavras, dos ensinamentos, dos dizeres, dos saberes em comum, preservar a nossa cultura é responsabilidade de todos.

Em Turmalina, a nossa Princesinha do Vale, a vida sempre vale...

PÓ NA ALMA

Tovar Nelson

Hoje caminhamos de longe
pelas pedras parideiras
de igrejas,
pela rua das cantoras lavadeiras

que libertam a vida das mulheres
do sono do som. Ao sol, lavam,
secam as almas das mulheres.

Os homens sofrem,
vêm despejar seus gritos
sobre as águas secas dos rios.

As velhas lendas começam
a entoar cantos profundos...
De noite, o Bicho de Fortaleza
cai na alma funda.

Os homens se perturbam
de lendas e de línguas
trancafiadas no peito, junto
junto ao coração, e se distraem...

O silêncio com seus meios
manuseia o pó das coisas
e vai retirando, uma a uma
as palavras das pedras.

Copyright © Carolina Antunes / Nazaré Serra
(organizadoras)
Todos os direitos reservados.

Seleção de textos Solange Campos
Frans de Lourenço
Ilustração e Design Thiago Amormino
Revisão Bruno D'Abruzzo

I31 Imagens do Jequitinhonha: caleidoscópio mágico em prosa e verso / Carolina Antunes, Nazaré Serra; (organizadoras). – Belo Horizonte: Mazza Edições, 2016.
168p. ; 14 x 21 cm.
ISBN: 978-85-7160-672-2
1. Ficção brasileira. 2. Poesia brasileira. I. Antunes, Carolina. II. Serra, Nazaré.

CDD: B869.1
CDU: 821.134.3(81)-1

Mazza Edições
Rua Bragança, 101 - Pompeia
30280-410 Belo Horizonte - MG
Telefax: 31 3481 0591
edmazza@uai.com.br
www. mazzaedicoes.com.br

Este livro foi composto em tipologia Bodoni e Van Den Keere e impresso em papel Lux Cream 80 g/m^2 (miolo) e Cartão 300 g/m^2 (capa), no inverno de 2016.